如果可以簡單，誰想要複雜．

圖・文 Peter Su

／序／

剛開始寫這本書的時候，有很長一段時間我活像個神經病，有時候很正面，有時候很幼稚，有時候很憂鬱也有很無趣的時候，所以我試著把每一刻的情緒記錄下來，想看看自己在這裡面找到了什麼。

有一晚失眠，突然想起曾經有人問過：「彼得，你都沒有感到挫折的時候嗎？永遠都是那麼正面嗎？」

偷偷告訴你一個祕密，其實我也是一個平凡人，平凡到了不行；我也會有抱怨的時候、想罵髒話的時候、打消念頭的時候、犯賤的時候……，無法否認這些的確是生活的一部分。

不過有件很重要的事是，我們再遇見了生活所帶給我們這些種種時，有些人在抱怨後選擇了放棄，有些人選擇堅持，有些人在想罵髒話後選擇口出惡言，有些人選擇保持沈默，有些人犯賤後背地裡做小人，有些人選擇腳踏實地。

確實，每個人都有自己的選擇，沒有人能干涉他的決定，畢竟人生不會只有一種活法，而每種活法對於每個人都有一定程度的意義。

生活裡沒有漫畫裡永遠不用吃飯的主角，更沒有跌的頭破血流站都站不穩了還起身說：「太棒了，今天真是個美好的一天。」如果一個人可以一直保持著完美正面的方式去生活，其實仔細想想也是滿詭異的。

故事總有開始

所以回到這裡，我把自己在扮演神經病的日子裡一絲一絲的抽出來，將真實生活裡遇見的討人厭的過程、情緒、結局給記錄了下來，裡面的故事主角可能是你也可能是你身邊的人，無論那件事情在你的真實生活裡是否已經發生，我們該思考的，有時候或許只是，你要在故事結束前做出怎樣的選擇。

做到大家想要看到的那個樣子有時候很簡單，做到自己最喜歡的樣子有時候卻很難，但實際上的邏輯應該要是相反的才對，大部分的時候我們給別人看見的都是我們想讓他們看見的，但今天從這裡開始，讓我們試著放手去做自己最喜歡的樣子。其實你不是不行，有時候我們只是少了一點被別人討厭的勇氣。

希望你也可以在這裡找到一些遺失已久的東西。

十七歲那年遇見了你，教我寫下了對愛情的見解。

你問我如何解釋曖昧？

我說：「喜歡你跟討厭你只差在一線之間。」

一段感情裡，一件重蹈覆轍的事情不斷的惡性循環，

等一切都被消磨殆盡後，

最後換來的不是討厭，而是不在乎，就這樣進入到了冷漠期，

最後分道揚鑣，

希望你能記著，不是所有的離別都是無故的，

每一次的結束總有一些我們還沒學會的事。

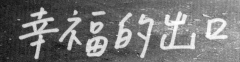

幸福的出口

離開了好久的人，或許有天你就突然不緬懷了，
曾經每天循環播放的那首歌，或許有天你就突然不想聽了，
想了好久的人，或許有天你就突然放開了，
以為不會忘記的你終究還是忘記了，
時間終究比你想像的還強悍。

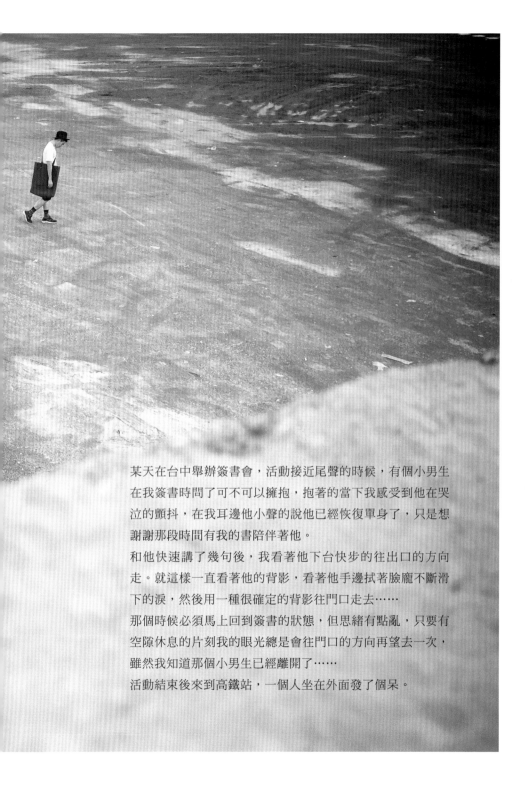

某天在台中舉辦簽書會，活動接近尾聲的時候，有個小男生在我簽書時問了可不可以擁抱，抱著的當下我感受到他在哭泣的顫抖，在我耳邊他小聲的說他已經恢復單身了，只是想謝謝那段時間有我的書陪伴著他。

和他快速講了幾句後，我看著他下台快步的往出口的方向走。就這樣一直看著他的背影，看著他手邊拭著臉龐不斷滑下的淚，然後用一種很確定的背影往門口走去……

那個時候必須馬上回到簽書的狀態，但思緒有點亂，只要有空隙休息的片刻我的眼光總是會往門口的方向再望去一次，雖然我知道那個小男生已經離開了……

活動結束後來到高鐵站，一個人坐在外面發了個呆。

那天的風還是依然很涼，晚上也是跟昨天一樣的晚上，路燈也跟前一天一樣依然在同樣的位置，月亮也跟去年一樣依然會在晚上出現，乍看之下，這個世界好像沒有什麼太大的改變，但不知道為什麼我還是流淚了；或許在看起來沒有改變的每一天，每座城市裡總有些事情正在改變，從初次相見到離別，從兩個人變成一個人。

不知道那個小男生會不會看到，但我只想告訴他——今天晚上的月亮跟昨天一樣會在晚上出現，很多事情還是依然會繼續運作，這城市裡面有許多故事依然繼續發生，所以你一定也可以跟遇到他之前一樣，一樣享受一個人的快樂。就像那天我看著你的背影，那個很確定自己往著出口方向走去，我相信你一定會走到屬於你自己幸福的出口的。

這個世界的模樣一直都是那張臉,
而人與人之間最大的差別就在於,你凝視她的目光。

我們可能都沒有自己想像中的偉大，就像失戀時你在公車上循環播放著一首悲情到不行的歌，看著窗外覺得彷彿景色都在為你的心情而播放，但公車上突然廣播：「忠孝東路站到了。」

慌慌張張的下車後才發現自己也只是從家裡到了另一個熟悉市區，一切都還是在一樣的世界裡，沒有人發現也沒有人知道你剛剛在車上的心情，就像一部自導自演的電影，以為全世界都上映了但觀眾席依舊只有自己。

我想這世界上沒有一種痛是單為自己準備的，你難過，別人也會，你哭得眼睛快瞎了，別人也會，但我想也不是每一種幸運都是單為別人準備的，他們快樂，你也會，他們終於遇見了自己想見的人，我想你也會的。

你活著，
就是這世界上最美好的證明！

我不是莎士比亞，寫不出唯美動人的句子，更不是阿德勒，說不出什麼夾雜心理學的正面能量，我無法專業的說出太多哲理深遠的文學詞句，那是因為我只是個平凡的路人。

或許我們很像，有時候在某個下午喝著飲料，坐在一個沒有人知道自己是誰的路邊發呆等朋友，陌生人不斷的和自己擦身而過也不會發現自己的存在，而那個時候我只發現其實許多真實的情緒和答案一直活在我的身邊，那種很無聊卻又細微的流水帳、日常生活、人和人的相處，陌生人的交會，在我的世界裡充滿著生命力，像是一個動力帶著我去發現，這中間到底發現了什麼其實也說不清，有快樂的也有疑惑的甚至有氣憤的，我們在這世界不斷的掙扎，好像想要討論出個什麼卻又找不出確切的原因，所以不斷的重複著那些我們知道的和不懂的，像個孩子一樣在許多狀況裡找尋自己的生活哲學，甚至將它標幟為自己的個人特色，進而展現表演給看著你的觀眾。

所以我寫不出什麼太富有哲理的句子，我只能真實的記錄每一刻我所感受到的，而這些無聊的瑣事正是我對於生活的態度，不要把自己想的太偉大但也不要把自己看的多卑微，你的生活態度便是你所定義的生活哲學，你的生活，你說的每句話就像一本含有大量哲理的書，那種只屬於自己的一本精采筆記本，從封面到內頁再到封底由你自己設定，在沒人看得懂的世界裡，你找到了屬於自己的方式，而那就是你一直以來想要追尋的答案，沒有世界的規範也沒有陌生人的標準。

不要讓任何人用嘴巴去否定、判定你的人生，你要知道，站在這個世界的任何一個角落，雖然沒有太多人知道你是誰，你做過了什麼，也有另外一群知道你的人去批評你甚至不看好你，但請你記得，無須為了誰去證明自己存在的意義，因為你活著，就是這世界上最美好的證明。
相信我，你的獨特就是一種無法複製的美。

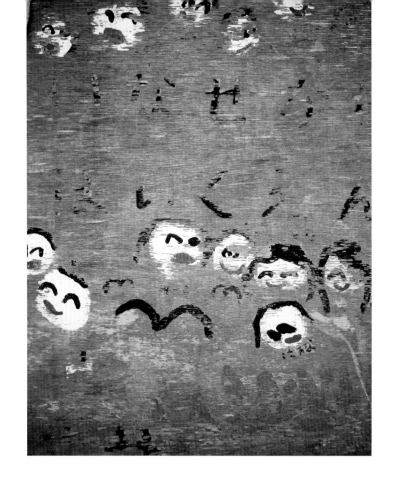

「看別人不順眼」以及「單看表面批評」是現代世界裡
最不費力也最容易的一件事。
所以當你嘗試著要去告訴他，
有些事情並非你眼裡所看見的，
你會發現很多時候，
說得再多也是徒勞的，
因為有些人只願意相信他想相信的。

你給了一堆訊息，如果對方連回應都懶得回應就別硬去打擾了，
熱臉貼冷屁股，掉了一滿地的尊嚴還被笑，
不在乎你的人，其實永遠都感受不到你的在乎。

公司裡的一位年輕女同事三不五時的開心與大家分享，昨天男友又帶她上哪家貴得不得了的餐廳約會，大家聽得紛紛發出：真的假的？好好喔！彼此向那位同事投射出羨慕的眼神。

我在旁邊聽著但沒多說話，所有的人都覺得我冷漠，我還是笑笑不說話，因為我想那位女同事可能不知道，很多時候加班的夜晚裡，她那快樂分享的事情是同事們茶餘飯後取笑的話題。同事們希望我說幾句贊同的話，我選擇沈默，所有的人還是覺得我不懂幽默。

多的是你不知道的事

家裡樓下的大廳總是聚著許多婆婆媽媽鄰居聊天八卦，大部分就是彼此說著家裡孩子做了什麼人人稱羨的工作，安慰鄰居家的小孩以後長大也會像自己家小孩一樣。但他們可能不知道的是每次我路過時，偶爾還是會聽見二樓的阿姨語氣微帶不屑的說：「他兒子賺那麼多錢有什麼屁用，從來沒看過他們照顧他，媳婦連家事都不做咧。」我假裝沒聽見走過。

語言是這世界很美也很危險的藝術，有些人說話幫助人，有些人說話傷害，有些人說話賺錢，有些人說話騙人，有些人用來修飾快樂，有些人用來掩蓋嫉妒，無論在網路上還是現實生活裡，我們都聽過許多，只是突然有一天或許你會發現本來不喜歡的人，私底下跟好多人表達對你的仰慕，突然有一天你發現你以為關係很好的朋友，私底下跟好多人說了你好多祕密，突然有一天你發現和你曖昧的那個人，私底下也對別人說著那句對你說的話。
永遠都不要輕易的把誰想得太好還是想得太壞，你可以相信別人的好，只是太多的是我們不知道的事。

好朋友就是這樣，互相開玩笑的時候，
嘴巴可能是在場最狠的那一個，
但在你遇上了一個天大的挫折，
覺得全世界的人都不會想理你的時候，
那個嘴最狠的雖然還在碎念，
卻是第一個陪在你身邊的。

— 致每個人都會有一個嘴很賤卻豆腐心的友情

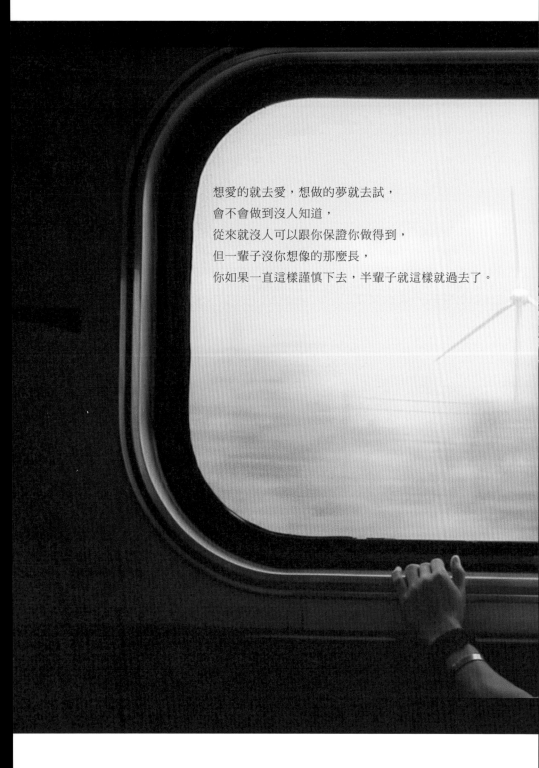

想愛的就去愛，想做的夢就去試，
會不會做到沒人知道，
從來就沒人可以跟你保證你做得到，
但一輩子沒你想像的那麼長，
你如果一直這樣謹慎下去，半輩子就這樣就過去了。

感情諮詢師

分手後你跑來找我，抱怨了一下午，哭了一個晚上，從咖啡喝到啤酒，我就一直聽你說，陪你罵，還開了幾個毫不相干的玩笑，雖然我知道其實你也聽不進去。

你問：「你相信這世界上有真愛嗎？」

「有吧。」我說著。

「那為什麼我都遇不到？」邊講你邊把剩下的啤酒一口乾完。

其實我覺得，每個人當初在很愛的時候，都會把對方當作是自己的真愛，那時候說的都是真的，愛的也是真的，只是後來不愛了也是真的，真愛這兩個字被弄得太神聖了，搞到最後只要戀情告吹，好像犯了全世界似的。講完我也一口把啤酒乾掉。

「果然是我的最佳愛情諮詢師啊！沒有你我該怎麼辦？」講完這句你就睡著了，還在我床單吐了口水，眼角流淚的痕跡還在，但嘴角卻是笑的，這畫面真他媽好氣又好笑。

那一晚我自己又繼續把剩下的啤酒喝完，想起了去年那個時候我們在這個房間裡，你把認識他的經過，他對你有多好，你們之後要一起去哪裡哪裡的故事重複講了一百遍給我聽，故事的開始在這，雖然結束的時候也在這，不過看著你那傻樣，我知道有一天你一定會遇見的，所以我陪你等，在這之前我們一起當彼此的感情諮詢師吧。

不要因為一時寂寞而伸手去抓那個
本來就不屬於你的手，
會走的就是會走，想要留的也會留，
無論結局如何，
一個人也可以活得漂亮，
笑給自己看，走給自己勇敢。

不要奢望所有的人都喜歡你，
因為你也無法承受那個所有人都喜歡的樣子，
電影裡的英雄都有壞人討厭了，
更何況是現實生活中的我們。

那一天分手後，說再也不想見到你之後就真的再也沒見到你了，你知道我的個性，越是假裝狠心越是容易被拆穿。但這次你和我一樣，一起演這齣狠心的戲，果然就再也沒有從臉書、Instagram 或任何地方看到你的任何消息。

嗯，我想你是封鎖我了，也好，眼不見為淨。我這樣告訴我自己。那是分手後的第一個禮拜。

好幾次跟朋友喝咖啡八卦的聚會裡，講話快的阿發每次都會不小心說溜了你的近況，然後我還要看著大家上演著你看我我看你的尷尬戲碼，為了化解這局勢，我都會馬上把自己的嘴角往上提高十度，眼睛睜大假裝好奇的說：「然後呢？」

少根筋的阿發遲了一會兒，繼續說著：「喔……沒啦，就聽說他現在跟某某某在一起。」

「很好啊，祝他幸福囉！」我說。這時大夥眼看情況不對，硬生生轉了一個打不著邊的話題。

紀念

「我很好啦，沒事的。」邊翻白眼邊笑著說。那是分手後的第二個禮拜。

那年冬天特別的冷，晚上穿上你最喜歡的那件大衣走在路上，路上的人就跟平常一樣匆忙的走著，沒有任何特別浪漫的劇情，直到你和我迎面走過，我面無表情的路過，我不知道你是真的沒看見，還是也和我一樣假裝沒看見，那天看見你和他走在一起，看起來笑得很開心，那一瞬間我才發現，在我們一起演了這齣狠心戲的那天之後，故事裡的主角早已消失在這個世界上了。

擦身過後，我假裝鎮定的低頭滑手機，眼淚卻還是止不住。

那是分手後的一年。

我從沒去計算跟你分開後到底過了多少日子，人行道的樹是不是從春天的綠葉落地成秋天的紅葉，路上的服飾廣告是不是從穿夏天泳衣換到冬天圍著圍巾，我們都曾在數不清的日子裡，在想說卻假裝不說的日子裡裝酷，在朋友面前假裝堅強的提高嘴角笑容十度，在街上的巧遇假裝鎮定卻偷哭的冬天，在那齣狠心戲下檔之後，後來聽說你找到了真愛，而我也遇見了一個更好的人，那時候我才發現，原來記憶裡那愛過的人，早在轉身後已成為了一段紀念。

前任就像一道傷口，大多數的時候你只能給它時間讓它自己痊癒，
但在它結痂之前，因為你的不安又急著想要痊癒，
所以不斷的 搔它、摸它，
那些本來只會化為一道淺淺的疤痕的傷口，開始化膿甚至潰爛，
變成了一道久久都好不了的傷。
多快痊癒沒人知道，但傷口終究是會有個痕跡，
當它好的那天起，或許你會發現這也算一種青春的紀念。

你用不著那麼小心的活著，
喜歡你的不需要你的完美無缺，不喜歡你的更不需要。

沒事就想叫你名字

喂，田馨。
幹嘛？
沒事。
神經。

喂，神經田馨。
怎樣？
沒事。
白痴喔。

喂，白痴田馨。
我不想理你。
小氣鬼。
無聊。

那一年，
有一種沒說出口的表白是，
沒事就想叫你名字。

有多少話，說與不說都是傷害，
有多少人，離不離開都是傷害，
就這樣一起卡在那個臨界點不上不下，
保持現況有點委屈，
說出口又嫌矯情。
有些答案其實一直都不在結局，
在那些你早就看見卻不想面對的細微末節裡，
拖到了最後，說與不說都是傷害。
活生生的像一部俗氣電影。

你一臉無所謂的神情，但沒人知道你嘴裡牙咬得有多緊；
你笑得如此瀟灑，卻沒人知道你哭的時候有多麼戲劇化。
那些旁人看起來像個成熟大人的一面，
背後都有一些只有自己才懂的故事。

孤獨到了深處，也成了隔絕世界的盾甲

娃娃是個標準的單身吃貨，是那種你看著她吃東西也會覺得那東西是不是真他媽的有那麼好吃啊。這幾年從不聽她聊感情，只聽她左一句溫州街那又開了哪間拿鐵好喝東西又好吃的咖啡廳，右一句哪家外送滿多少還可以送一份鴨翅。

娃娃今年剛滿 25 歲，上段戀情長跑六年，在人人看好之下還是分開了，分手那天我們大夥擠在她的那間小公寓，把酒問天花板，娃娃一滴淚都沒掉，她不哭我們沒人敢哭，她不說我們沒人敢問，點了一桌外賣，所有的人都醉得亂七八糟，只有她一個人邊喝邊品嘗剩下的菜，隔天所有的人帶著宿醉各自回到了自己的生活，各自都有了默契，就是──你不想說我也不逼問。

倒是那天開始，娃娃從一個常和大家聚會的穩定戀情女孩變成了一個標準宅在家的單身吃貨，要說好還是不好──好的是，只要約會不知道要去哪吃飯問她就對了，從法國餐廳到夜市小吃，她一定都可以給你和約會對象一個完美的回憶；不好的大概就是，已經很難碰面的好友飯局中不容易再看見她的蹤影。

在我 28 歲那年的生日聚會，萬眾矚目的娃娃終於擔任了神祕嘉賓的角色，在我們進行到了切蛋糕的這個儀式時，偷偷從門口走進來，現身給了我一個驚喜，娃娃沒說太多話只是給了我一個很用力的擁抱，我也沒說話，因為我知道她想說的我都懂，我不說的大概她也能懂。

在大夥開心聊天分享最近的生活過程中，所有的人都紛紛鼓勵娃娃乾脆當個美食部落客好了，還可以造福一下人群，我也見狀湊個熱鬧說了個幾句，她笑笑的說：「不了吧，我只是喜歡吃，沒特別想幹嘛的。」

那天晚上到家帶著八分的酒意，實在受不了，打了通電話給娃娃問：「為什麼？」

「什麼為什麼？」

「總是一個人窩在家吃飯，自己一個人出門吃飯，不跟大家一起出來走走，心裡有什麼憋著想說的都可以跟我說啊。」

「下班回到家，沒有迎接也沒人問你吃過了沒，一個人面對空盪盪的房間，叫了外賣自己煮點拿手菜，一個人坐在自己喜歡的位置，聽點音樂吃著飯，自己一個人好好品嘗，如果真的什麼都沒了那就得吃飽點啊，食物也有療癒自己的力量。我喜歡吃，是因為吃飽了我知道我還存在著。打從他離開的那天起，我就再也不奢望誰懂我，『理解』這玩意兒太奢侈，我承擔不起。」

電話那頭我聽見了娃娃從分手那天到現在第一次的哭泣聲，我隔著一個話筒沒說話，因為我知道她的眼淚，雖敗猶榮。

孤獨這東西到了深處，便也成了隔絕這世界的盾甲，誰都一樣。

單身有時候也是一種選擇，不是不想談戀愛，
只是在還沒遇見那個自己真的喜歡的人出現之前，
一個人生活其實也可以大過於兩個人。
不要因一時寂寞去愛而真的礙了別人。

很多人問夢想和現實要怎麼選擇？
對於我來說兩者是並存的，
無論你選擇哪條路，
另外一方並不會因此而從這個世界上消失，
兩者甚至是平衡的，
因為很多時候拉著你前進
不一定是那個看似遙遠的夢想，
很多時候反而是後方萬丈深淵的現實
逼著你向前追尋自己想要的目標的。

夢想是屬於你和你自己的事，
與他人無關

這兩年來，無論是在網路上的私訊還是講座上的舉手發問，大家常常問了一個問題就是——如何找到自己的夢想？

在這先與你分享我的一個小小的夢想，那就是——我希望這輩子可以永遠踏在路上，用光我所有的力氣去旅行，一直到我死掉的那天為止，但當然最後一刻我還是會用盡力氣搭機回到自己的家鄉。

我不知道對於世俗的眼光來說它可不可以成為一個「標準」的夢想，但對於我來說，它就是我的夢想。夢想可大可小，只是可惜的是它被這個世界包裝的太完美了，精緻到彷彿不是人人都可以輕易觸碰到的，但說穿了，夢想這兩個字不過就只是一個目標，而那個目標也只不過是一件你喜歡的事，你感到熱情的事，它其實是可以很單純的。

我不知道你的夢想是什麼，但是我知道你一定喜歡著什麼，只是或許對於外面世界的眼光，你少了一點點的勇氣去捍衛它，地球是個圓，無論你面對什麼，總是會背對著另外一群人，沒有一件事情是人人讚賞的，如果可以，希望你和我一起，用盡所有的力氣，在剩下的這段路上，我們把它用完，因為你的生命，就是要浪費在這些美好的事物上啊。

夢想不在別人的嘴裡，因為那是一件屬於你和你自己的事，從來都與他人無關。

有人和你一起搭上了車，有人選擇提早下了車，
車子繼續前行，眼看著對方離自己越來越遠，你會難過也是正常的，
當車子開到了某個距離時，回頭早也看不見那個人影，
那個時候想想其實也挺好的，至少他選擇提早下車給了你傷害，
讓你在下一站停靠時的這段路上，學會了愛一個人也學會了放下一個人。
接下來還是陸續會有人上車，會是誰陪著自己走完其實誰也說不定，
當離開變成了常態我們才懂得珍惜僅有的現在，
有時候人跟人之間的感情就像台慢慢開的車，誰也急不得，
終有一站會有一個最適合自己的人出現，陪著自己細數窗外風景。

後來有多少人彼此唯一的聯繫方式只剩下，按讚。

人生不是一場比賽

有天在網路上收到了一個大學生的信，非常的長，而且都沒有標點符號，他訴說了很多課業成績、同學之間的比較、成長的路上遇到的種種挫折，讓他感到非常的挫敗，尤其是分數的高低、術科的技巧能力、同學的評語……

我覺得很有趣的一件事情是，我自己是一個不太會讀書的人（對，分數永遠都是很低的那種），也可以說是智商真的沒有很高，頂多偶爾運氣好一點，英文可以多猜對幾題，而且每次開學第一個被老師打的人就是我（謝謝老師）。然而在這樣的成長背景裡，你看見了很多來自和你完全不同生活和追求的人，他們問你，遇到這樣的狀況的時候你該怎麼做？我會怎麼做？有時候我也好怕自己講錯，畢竟我的人生我的選擇我會負責，你的人生，我哪來的資格告訴你，你該怎麼做，每個人包括我包括你，未來都將變成「過來人」，希望你能記取此刻的感受，當有天你在未來的路上碰見了和你當時一樣狀況的小朋友，請將你溫柔的感受傳遞給他，讓他知道，唯獨多相信自己一點，並告訴自己，人生並不是一場比賽，不是什麼事情都得賭上一把不是你贏就是我輸的結局，人生的道路上最重要的不是你贏過了多少人，在我自己心中，最重要的是你在這路上曾經幫助了多少人，你付出了多少，而終點前，你將得到多少。

希望此刻和未來我們都能記著，人生不是一場比賽。

這世界上我們所遇見的問題就像一張考卷，答案看起來只有一種，

但計算方式卻有千萬種；一加九等於十，五加五也等於十。

你的方式在別人眼中可能並不是唯一，

相同的，他們的方式對你來說也是。

世界很大，人很多，方式也有很多，只要在不傷害他人的前提之下，

你選擇的方式就是屬於你的對的方式，

不要用自己的價值觀去評斷他人，不要為了反對而反對，

因為我們心中都有一個屬於自己美好的世界，請尊重他人的想法。

「只有當你願意去相信，你才有機會得到你想相信的。」
爸爸說過一句話，當時沒真聽懂，但一直放在心中。
一直到現在我才漸漸的懂得這句話，
只要事情還不到美好的，就代表還沒結束，只要你願意相信。

爺爺和奶奶

那一年我陪著奶奶上山去看爺爺，路上我問了句：奶奶啊，當初你跟爺爺是怎麼認識的啊？
「小時候我們家在青島是開裁縫店的，那時候在門口遇上的。」奶奶慢慢說著。
「所以就這樣認識然後交往了嗎？爺爺有展開什麼浪漫的追求嗎？」我好奇的問。
「他 X 個逼，什麼浪漫的追求，這死傢伙才沒問要不要在一起咧，跟個強盜一樣。」奶奶好氣又好笑的說。

「那怎麼在一起的呀？」我繼續問。
「那天下午，我放學回家裡幫忙，看見了一個長得挺英俊的大哥進了門，沒好意思看他，過了五分鐘我轉個頭偷偷看了他一下，結果你爺爺那死傢伙就直直站在那望著我，看得我都不好意思，那混蛋每天固定那個時間來我們家，就這樣給他拐走了，一拐就一輩子。」
講完後，奶奶移了一下眼鏡擦了眼角下的淚。

那天我望著沿途山路，心想這世界上原來真的存在有一種愛情是當我轉身向你看去時，而你早已凝視著我，這一路上聽過了太多故事，而我依然相信那個時候有一種愛是一見鍾情。
就像爺爺用眼神告訴了奶奶，我愛你。
這世界什麼事都有，愛情也是，而那天看著沿路風景的我也相信著。

在喜歡的人面前，

即使只是一件毫無意義的小事情，

也可以講得口沫橫飛，

在不喜歡的人面前，

就算是一件很感動的事情，

也可以講得雲淡風輕，

所以說，能遇見一個願意在你面前流水帳，

甚至是廢話連篇的人，

應該也是幸福的吧，一定要好好的珍惜。

我想其實你也早就知道，
那些需要你想盡辦法去討好的關係，
大多時候都不會撐得太久。

想說就讓他去說吧

記得，不要試圖的和小人講道理，更不要把時間花在討厭你的人身上，請把時間留給疼愛你的人身上，把全身的力氣放在更重要的事情上。

你會因為害怕說錯話，害怕被人討厭，所以開始變得小心翼翼，以為自己裝出別人想看的樣子之後跟人相處可以快樂些，結果到頭來你發現每天都活得好空虛，結果你還是說錯話了，結果你還是不小心的讓有些人討厭了……

或許，我們該做的並不是試著讓所有人都能理解自己甚至是喜歡自己，而是該思考如何在這一群人之中找到理解自己然後可以長長久久混在一起的知心好友，即使我們偽裝得很好，我們永遠都不會知道自己在別人的故事裡有多少個版本，也猜不到別人為了維護自己說了什麼詆毀你。但沒關係，他想說就讓他去說吧，反正你也沒辦法做什麼，更不用花時間和力氣去解釋，就像那句話說的：「懂你的人，無論如何都會相信你；不懂你的人，可能花了大半輩子去解釋他還是不相信你。」人與人之間的相處最怕的就是，不相信自己所看到的，卻輕易的相信了別人嘴裡所說的你。

生活裡很多事本來就很麻煩，但其實有很多事情與你自身無關，更不會因為你一時假裝的改變，他們就會真的變得如你想像。

有些人把心都掏給了你，
你還假裝看不見，那是因為你不愛，
而有些人把你的心都掏空了，
你還假裝不痛不癢，那是因為你愛，
你在意的往往不是事情本身，而是做這件事情的人。

好朋友大概就是，

你知道了我整個人，摸透了我的個性，

知道我什麼時候會想堅持什麼時候想放棄，

知道我什麼時候會開心難過生氣，知道我的糟糕和我的任性，

但你知道那就是我，你接受了這一切，

你提醒著我可是也從來不打算離開我，

無論接下來還有多少討人厭的情緒，

你始終願意站在我的身邊，就像我陪著你面對這個世界一樣。

—— 致看透彼此的友情

愛情和友情哪個比較重要？

小時候很常聽到的一個問題：「愛情和友情哪個比較重要？」

這個答案對我來說真的好難，因為每段關係都是獨一無二的，根本無法用名次還是順序來歸類。

我常常容易把朋友和交往對象並列為一樣重要的人。我想友情之所以對我有著巨大的吸引力，有個很重要的原因是，即使今天你沒有了愛情，可是你卻依然可以清楚的感受到，這世界上還是有一個或是一些人在那個地方，在那個你看得見的和你看不見的近處又或是遠方，他所帶給你的安心一直以來都不會因為任何原因而突然消失。

那個安全感就像是，他跟你說我先睡了明天再跟你說，但明天起床他並沒有跟你聯繫，你也不會覺得他是不是消失了；他跟你說我先出門吃飯有空再說，但接下來他兩天都沒有回你，你也不會覺得他是不是去交了新朋友而不理你了；他跟你說我先去洗澡晚點聊，但下次再敲你已經是五天後的事，你也不會覺得他是不是不那麼在乎你了。

另外一個原因是，他們可以不費力氣的懂你的欲言又止，就像有時你只是開口說了一點故事的內容，然後口齒不清的說：「你懂。」對方也會笑著說：「我懂。」他們可以一眼就輕易看穿你的故作堅強，就像有時你還在那假裝正面微笑的說：「我沒事我很好。」他會默默私底下傳訊息跟你說：「好啦，有事就跟我說吧，又沒人會笑你。」

兩個人相處在一起可以維持最舒服的樣子，不用刻意記著但也不會忘記，不用刻意裝堅強也不用怕被看穿脆弱，想說的時候隨時可說，懶得說的時候也不用擔心對方會不會生氣，可以大方的在彼此之間做最真實自然的那個樣子。

願我們都在這路上遇見了他們。

　　─致洗個澡可以洗五天和話都不用說完你就懂的友情

越長大越覺得，想要的不再是只有瘋狂的友情，
需要的只是一個可以陪著自己的人，
朋友多不是多，願意留下來的那些才叫多。

這世界一直在變，人在變，
陌生人的變，熟悉的人也會變，
總言之，沒有一個人是不會變的。
只是變的方向和你的價值觀是否還是相同，
也許有人突然變得冷落你，
有人突然變得接近你，討厭你又或者是喜歡你，
但在變化的同時，其實我們自己也在變，
你也會變得冷落誰，接近誰，喜歡誰還是討厭誰。
誰都無法避免這樣的改變，
我們只能接受然後繼續生活，不斷加強自己，
試著做一個善良的人，調整好自己的心態，
這樣你才可以有足夠的力量去接受這世界所有的改變。

安全感都是自己給自己的

經歷過一些事情後，以前總一味的想把錯誤怪在別人身上，希望對方能做到的卻沒有做到，希望對方能給自己的卻沒有給到，後來才發現其實很多時候自己也在這個錯誤裡面占了一半的原因，即使自己的理由站得住腳，但大多數的時候也是我們一廂情願的拋出了期待的光環並嘉勉在對方的頭頂上，對方也在那光環之下許了自己承諾，但光環褪下後，答應過的事情也可能會有沒做到的時候，秒讀秒回的訊息也可能會有沒回的時候，曾經說很愛的也可能會有離開的時候。

有時候或許不是別人故意讓自己失望，也有可能是自己過多的將依賴和期望放在別人身上，你的安全感從來都不是從對方秒讀秒回的訊息、答應做到的事情、還是牽著你的手、陪你過馬路裡得到的……

有一天當你回到一個人的狀態，沒有訊息，沒有人做你想要的事，沒有人牽著你的手，沒有人陪你過馬路，而

你發現你依然可以過得好好的，那才是你的安全感的來源，即使那個你還忘不掉的人可能在睡覺前會想到他、吃飯時會想到他、半夜失眠時會想到他、跟朋友聊天時會想到他、一個人走回家時也會想到他，想到他這件事情成了既定的事實，無法假裝也無法抹滅，但漸漸的也發現，雖然做每件事情時都會想起他，不管他是否還在你身邊，但你依然還是會睡著，還是會吃完飯，還是會跟朋友出去，會一個人走回家，無論你們還在不在一起，那些看似與他有相連的事情你依舊可以完成，那時候你發現就算真的忘不掉，但你還是可以過得好好的，就算真的暫時忘不掉也沒關係，你以為他可以給你的，其實你自己就可以給自己。

要永遠記得，這些事情發生之前，其實你自己也是活得好好的，只要你願意依賴自己，安全感永遠都是自己給自己的。

永遠都不要忘了曾經在自己最低潮時陪著自己的人，
那些曾經因為各種原因而離開你的人也就別放在心上了，
反正最後我們都會離開這個世上，
誰都不將再是誰，也不會再被誰討厭著，
懂得自己的人不用多，只要最後是那個自己也在乎的就好了。

自己去走走看看這個世界是一件好事，
或許知道自己的渺小之後，
世界會變得比較寬闊。

過得好不好，只有自己知道

小時候在台東長大的我，那個時候的生活很簡單，笑的時候很單純，哭的時候也很乾脆，沒有什麼場合是需要刻意笑還是忍住哭的。

從小我就很喜歡笑，開心的時候笑的跟瘋子一樣，笑聲是那種很不優雅帶有喉音的那種，聲音可以大到旁邊的人會皺眉頭、白你一眼的那種，當然我也很喜歡愛笑的人，總覺得那是一種很舒服的力量，不管你在開心還是不開心的時候遇見，都可以從他們爽朗的笑聲中得到一些能量。後來搬離家鄉來到了大城市生活，愛笑的我依然喜歡笑的單純，一路上也遇見了很多帶著笑臉的人，只是在城市裡生活久了，當開始遇見的人越來越多，也才漸漸發現，並不是每個帶著笑臉的人笑的都像你想像中那樣單純；笑原來也可以只是一種表情，一段敷衍的符號，一聲藐視的暗示。

所以我們開始學會去看穿、去猜測每種笑容背後的含意，來回的過程中我們也漸漸的向他們學會將自己最初的那個笑容收起，開始依照時間、場合甚至不同情緒給掛上各式各樣的笑容，就像有時我們在受了傷後習慣性將「我沒事」的笑容擺在臉上，在失望極致的時候將「無所謂」的笑容掛在臉上，那個時候我們開始學會笑給別人看，只是為了不被看穿，久而久之也就開始忘了小時候那個生活簡單，笑得很單純的自己，連哭也不再像那個時候一樣乾脆。

現在的我依然喜歡笑，也一樣是那種很不優雅旁人聽了會想白眼的笑聲，但我走在這人來人往的街道上，看看每個人臉上的笑容，我想或許吧，這城市裡的每個人都在笑，可是過得好不好，只有自己知道。

喜歡回憶過往並不代表一定很想回到過去，
就像我還是會想念你，只是你也成為了過去。

在這個曖昧氾濫的年代裡，有時候一個人又何嘗不是一件好事，
做自己喜歡的事，讓自己變得更好的時候，
遇上了一個合適的人，就是給自己最好的禮物。

生命中唯一的圓

那天你問我：「夜深人靜的時候，你會不會偶爾還會想起他？」

我想那是屬於每個人心中或多或少的遺憾吧！這句話只是心底的低喃，想了想我才回答：

無論在哪個狀態，聽歌的時候，夜深的時候，還是一個人看見了什麼感動到不行的畫面的時候，無關喜不喜歡，心裡總有一個人，那個曾經愛到讓自己每天發神經的舊愛也好，曾經要好到每天都要聯繫幾百次的朋友也好，他們在離開你的故事之後，化作一個又一個模糊的影子穿梭在你生命中的某個不經意的時刻裡，一次又一次的提醒著你那個無關喜歡不喜歡的曾經。

「那如果可以再給你一次機會，你會想要修正它嗎？」你繼續問。

生命中有許多錯過，有好的擦身而過也有不想記得的路過，但那些已經發生的事情終究會跟著自己，無關你此刻的狀態是幸福、是糟糕，它們像是如影隨形的魂體，在某些時刻提醒著你某些事，某些只有自己和自己一個人獨處時才會感受到的事。

我們都得帶著那些遺憾繼續往前，而你依然可以往自己想要追尋的那個目標前進，它們的存在確實讓自己在接下來的日子裡清楚的知道，這世界上並無什麼卡通童話故事裡的完美存在，每一個人或是每一次的選擇，總有另一個故事正在發酵，而我們不能總是活在那些錯過當中，只能帶著它繼續上路，或許因為知道了這世上沒有什麼圓滿的圈，每個圈的邊邊或多或少都帶著一些缺角，當年我們用盡力氣的想去填補每個缺，卻發現努力填補一個就會出現另一個新的。

有時候一個人在夜深人靜時，突然感覺好累，於是毫無預警的躲在被子裡偷哭，那時候的自己連到底在哭什麼都不知道，只覺得好累，將眼淚流完後，帶著浮腫的雙眼裝著若無其事的繼續面對新的明天，就像一個沒人認識昨晚那個歇斯底里的自己，重新帶著那個大家喜歡的表情去生活。

所以現在你問我，是不是偶爾會想起他？我的答案是會的，那個人就真實的存在在我生命的圈裡，它就像是那個無法填補的缺，無論我想不想承認，他依然活生生的依附在這個圈上，而我也開始學著不去填補那些缺了，我想，有時候人可以帶著那些缺去繼續完整自己生命中唯一的圓，也算是一件不完美中的幸福事，你說是吧？

這輩子最幸福快樂的事情就只是如此，
看著愛的人笑便已無所求。

人生就像是一段從多到少，從複雜到簡單的過程。小時候許的生日願望有很多，想得到某個想了很久的東西，想和誰在一起，想賺很多的錢，想多三個願望，想要小叮噹，後來隨著年紀的增長，經歷過了許多悲歡離合，剩下的願望只剩下，希望家人朋友能健健康康，希望大家能快樂的在一起一輩子，到最後我們什麼都不要，只希望自己愛著的人可以永遠平安健康快樂。

如果可以，希望這個願望能成真，要我用無數個願望去換取這麼一個也值得。

生命很簡單，只是我們誇張了。

如果可以簡單，誰想要複雜！

這句話大概是我一路上成長的最佳寫照吧！但誰又不是呢？哪有人想要把自己的生活變得像灑狗血劇情般的那樣複雜，我們不都是從一個簡單又單純連話都還不會說的小嬰兒一路長大，變成了一個被這無止盡的輿論世界擠壓成的一個見人說人話的複雜大人？從我們開始接觸人群時，學會的第一件事情大概就是「假裝」吧，就像是一台活生生可調整頻率的機器，用不同的話題，不同的邏輯，不同的語氣音調、表情反應來面對各式各樣的人，只是有些人裝得比較深，甚至裝到走火入魔無法自拔，彷彿下一屆的金馬獎非他莫屬般的認真；有些人則淺，淺到他連敷衍你都懶得敷衍。

習慣了這樣的複雜模式，所以「簡單」這兩個字也就顯得格外寶貴，就像你開始喜歡簡單的人，享受簡單的事，交往簡單的朋友，過著簡單的生活，做個簡單的自己。「簡單」是我們一開始來到這個世界時所擁有的第一個禮物，到最後卻也變成了最早遺失的幸福，我們從簡單變化成複雜，再從複雜去追回簡單，但所有的成長都必須付出相等的代價，沒有人可以百分百的回到最初的那個單純，所以我們才要盡自己最大的力氣去保護那個自己心中僅剩的「簡單」，我們一路過關斬將的來到這裡，即使扮演過各種自己喜歡不喜歡的角色，但心中依然喜歡著簡單的人，簡單的事，簡單的朋友，沒有討人厭的心機，只有一顆簡單的真心。

我知道現實生活中還是很難，但回到自己心中那個自己，如果可以簡單，誰想要複雜。

如果可以簡單，誰想要複雜

封鎖線

我有一位好友某某小姐，她是一個把友情看得比愛情還重的女子。

記得去年的某天清晨四點接到了她的電話，不確定當時的她是有點醉意還是因為難過所以說起話來有點模糊不清，她不斷的反覆說著自己被另一個很在乎的朋友欺騙的事，當下的我其實也相當震驚，因為我知道她這麼重朋友的一個人，碰上了這種事情肯定比失戀還痛苦。

那一通電話裡某某小姐不斷的重複說著：「我真的不知道該怎麼面對。」

「這種事真的很討厭，但遇上了也不能怎樣，就算不想也還是發生了。」我也只能重複的說著。

她又問：「為什麼我總是遇到這樣的事啊？」

沈默了一會兒我說：

喂，你還記得我十七歲那年也遇過一次類似的事情嗎？

那年畢業後我回去了台東，也斷絕了所有朋友的聯絡，

除了你和幾個朋友以外，有段時間我真的感覺非常難過，也想不透為什麼我真心的去待他們，而換來的卻是這種下場。

但其實想想，真實生活裡有時候的確是殘忍的，不管你是用心經營的還是虛情假意的，它用盡了各式各樣的方式逼迫著我們面對以及學會，它在你最在乎的那件事情上面改變了一下劇情，昨天你還以為在一起的，今天卻變成了兩個平行世界，背叛你的人對你所造成的傷害其實隨著時間長短總是會過去，真正最大的傷害是往後日子裡的那些疑神疑鬼，嚴重一點的還可能患上被害妄想症，所以開始變得小心翼翼。

不過這一切都還是會結束的，當你獨自撐過了這漫長的神經兮兮時期，那些人不會知道你已學會了看穿卻不說穿，學會了用心去判斷而不是只用眼睛，你可以若無其事的看著他繼續演戲，有些事，你不說不代表你不知道，不說並不代表自己就是輸家，長大一點之後也就發現許多想說的話漸漸學會將它一口嚥下，不是所有的事情都一定要打破砂鍋問到底，看透了卻不說透，也是一種境界，而你曾經背負的那些，最終也將成為你前進的動力。

或許現在離案發現場還太近，每往前走一步都還是會流血，但只要一直往前走，終究會離開現場，到那個時候當你再回過頭看，早也看不見那些曾把自己困住的封鎖線，而曾經以為不會好的傷口也還是會癒合，即使變成了一道傷疤，卻也成了更堅強的一塊盔甲。

你可能曾愛錯一個人，信錯一個朋友，做錯一件事，
但你要知道，刪掉過去任何一天好與不好的，
都無法成就現在的自己，
一定要相信，
你曾經的錯誤會幫助你找到一個對的人，
如果還沒找到，是因為你正在路上。

我們說離開的人都是給自己上了一課，
有人說你終究會感謝離開你的人。
我覺得當你自己到了某個幸福的程度時，
過往的事情終究是會放下，有些人你會感謝他替你上了一課，
所以面對現在的生活你也得到了很多，
有些人你日後回想起來，也謝謝不是他陪你走完接下來的日子。

你眼睛看見的結局是
他衝動的決定離開了你，
可惜過去那些一次又一次無力
失望的表情和眼淚，
你的眼睛一次都沒看見過。
最後你無奈去挽留，他也只剩下無力回應。

標記・翻頁

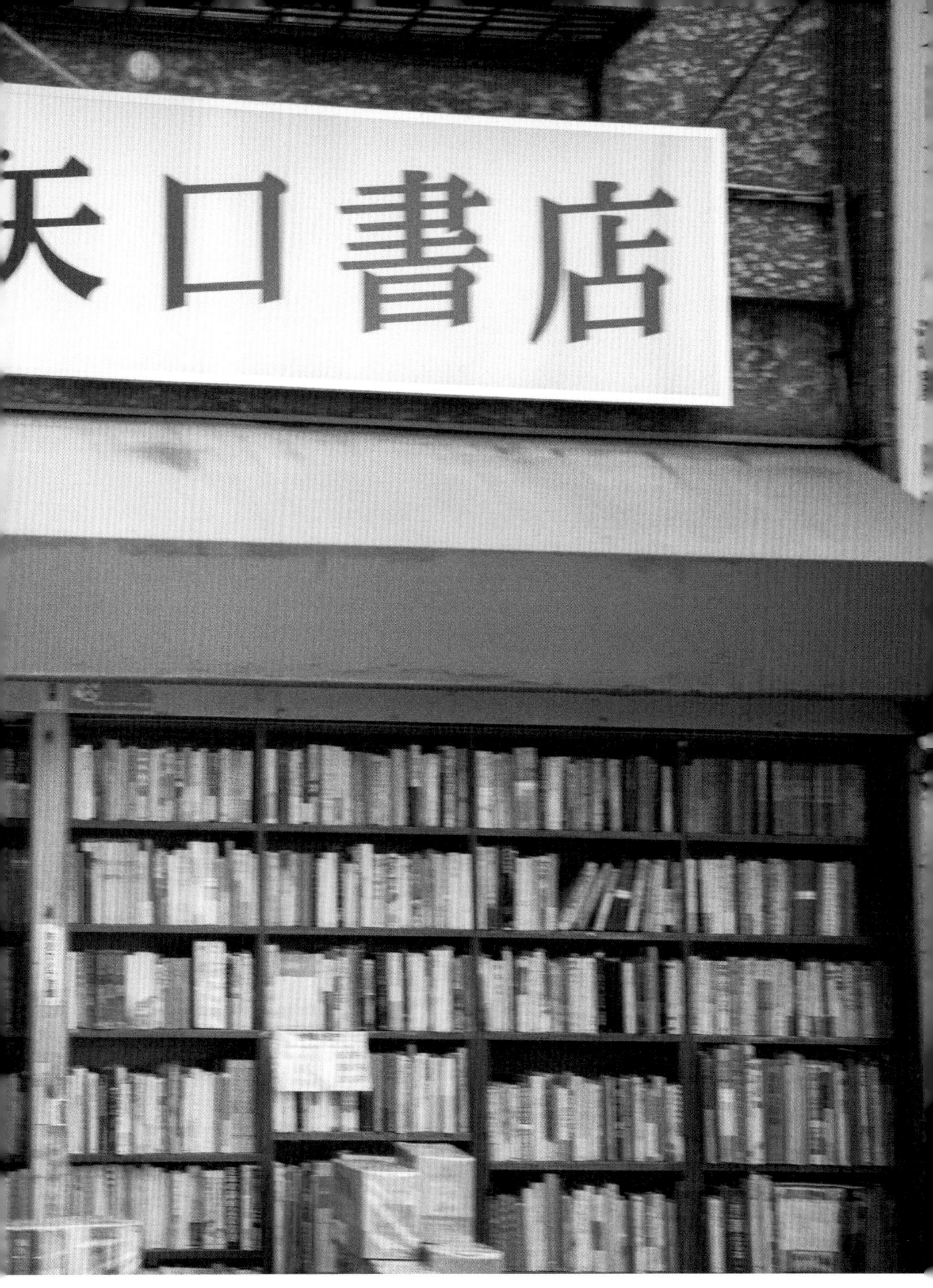
口書店

無論如何，總有一天我們都還是會學會放下，不是因為突然領悟了什麼，只是知道時間到了，該是時候把這一頁給翻過去了。就像那些已經離開好久的人，有天生活過著過著你就突然不緬懷了，曾經每天循環播放陪伴自己的那首歌，有天聽著聽著你就突然不想聽了，藏在心中想了好久的人，有天想著想著你就突然放開了，以為不會過不去的你終究還是過去了，時間比我們想像的都還要強悍，雖然這一頁翻過去了，但並不代表它再也不存在著，它就像一頁被自己做過記號的頁面，依然活生生的留在你生命裡的這本書，一直到有天我們老的走不動了，回頭看看那些曾被標記過的每個頁面，不管當初有多愛後來又有多恨，有一天我們依舊會將他標記翻頁，將那些過去和下一頁區隔開來，屬於你生命中唯一的這本書依然需要繼續寫下去。離開的人終究是離開了，生活回到了原本的模樣，其實沒有什麼太大的不同，你繼續書寫你的接下來，他繼續完成他的未知數，這是現實也是真實。

在時間的面前，我們每個人其實都一樣，沒有誰非誰不可，也沒有誰真的無法被翻頁。

偶爾心中還是會有種強烈的欲望想要離開現場，
逃到一個沒有人認識的地方，
靜靜的發呆，靜靜的吃飯，靜靜的看，靜靜的想。
丟掉現在的自己，過一個誰都不是誰的一天。

難過的時候，就不要聽傷心的歌；

緊繃的時候，就去跑個滿身大汗；

失望的時候，就去找讓自己可以笑出來的朋友；

單身的時候，就趁這個時候充實自己一下。

快樂很寶貴，時間很寶貴，

希望很寶貴，愛情很寶貴，

但是不要忘了這世界上還有你自己是更寶貴的，

不要把自己都浪費在那些沒日沒夜的難過上了。

真實記憶先生&假性失憶小姐

人有 120 億條神經，管理記憶神經的這個區塊裡住著兩個人，一個叫作真實記憶先生，另一個叫作假性失憶小姐，它們彼此雖然住在一起卻總是裝作一副不認識對方的樣子，真實記憶先生天性喜新厭舊，習慣在白天出沒，嚮往著理想和未來，不喜歡沈浸在已經過去的事情裡打轉，只要當你生活充實點時，他就不斷的拚命想記著新的事物，努力的推著你前進，不管你喜不喜歡。

假性失憶小姐天性神祕難以捉摸還有點潔癖，喜歡在晚上出沒，不喜歡東西亂塞一通，所以準備了許多櫃子，將所有遇過的事情按照時間、大小、情緒歸類放好，每一個櫃子都有一道鎖，鑰匙沒有固定，有可能是一句話、一道風景，一個人、一首音樂、一個味道，只要吻合就會自動開啟，不管你喜不喜歡。而我們就像是場上唯一的裁判，在真實記憶先生與假性失憶小姐之間的單挑中觀看著，等待哪天是誰被三振出局，只是誰都不知道這場比賽從來都沒有局數的限制。

現實生活中，大多數的人們都渴望著理想和未來，我也是。所以我們偏袒的將手上擁有的機會全給了真實記憶先生，希望他能一路帶著我們前行，只是生活裡藏了太多陷阱，在某些不經意的夜晚，遇上了某些相似的時刻，假性失憶小姐用利落的雙手將塵封已久的記憶翻出來瞧瞧，確認它們是否依然保存的良好，偶爾比較情緒敏感的階段，相同的狀況不斷的輪迴著，有段時間幾乎看不見真實記憶先生，彷彿他不再存在著，於是某天深夜我決定寫一封信給他：

你好，真實記憶先生，

我承認，有些事確實藏得比較深，大多數的時候可能不是真的那麼灑脫的忘記了，只是暫時還沒想起來，一切都在等著某個契機點觸發那條管理假性失憶的小姐，輕輕一個觸碰讓一切變得不可收拾，像是一個沒有標示保存期限的醃製罐頭，還可不可食用，用看的永遠都不準，想知道答案只有嘗一口，不管你喜不喜歡。副作用不明，有時候吃了可以讓自己更加清醒，有時也反而陷入到另外一個黑洞世界裡，我無法和你一樣可以永遠保持著喜新厭舊，假裝那些過去不曾發生過，我無法永遠都讓自己那麼充實，我也會有撐不下去的時候，我知道我必須和你一起往前，但偶爾回過頭看看曾經發生過的事情也是讓我繼續保持前行的力量之一，所以我不會再害怕面對過去那些曾經讓自己吃不下睡不著的記憶，我也不再抗拒它們無預警出現在每個深夜裡，謝謝你一直以來的努力和陪伴，從今天開始，我不再將手上的機會全交給你了，我留了些給假性失憶小姐也留了一些給我自己，和你，和她還有我自己一起共存，這大概是我能找到的最佳方式。

明天起，新的依然會開始，舊的也不會消失，每一道刻痕都是你留下的，我會好好的保存著，無論好與壞，都是組成我們此刻的自己，少一個都不行。

有時候還是很希望可以回到過去，
看看小時候的自己，告訴他你很棒，
走過了這麼多險峻的巔坡，
人心的揣測，依然可以這樣無畏無懼的長大，
希望自己可以永遠像那個時候一樣勇敢的面對。

一起長大的朋友就像你人生的見證者，
見過你最邋遢的模樣，
見過你最美好的模樣也見過你的大風大浪，
也因為如此，
我想你應該對他說聲：我愛你。

畢業那年一直遲遲不敢跟你告白，同學都笑我膽小，我想連你都知道吧，所以你才會故意在典禮那天叫我陪你走回家，你問我有沒有話對你說，我說：「之後就要相隔很遠了，希望還是可以一直保持聯絡。」你笑了一下，沒特別說什麼只說了一句：「笨蛋。」

今天鼓起勇氣回老家來看你了，你家還是那個老樣子沒什麼太大改變，客廳左邊多了一張桌子，擺著高中那年我幫你拍的一張照片，嗯，你最喜歡的那張。桌上擺了一盤你最愛吃的水果，「你現在可是老菸槍了啊，一次還抽三根。」我笑著說。順手偷吃了你的水果，走到那天送你到家門口的位置，想起了你說的笨蛋。

嗯，我真的是個笨蛋，而且是個大笨蛋。

這世界就像一本讀不完的書，道理寫得清清楚楚，體驗的全都是自己。

如果說「放下」是生命裡的一門功課，
那「接受」便是另外一科重要的學分；
接受喜歡的人不喜歡自己，
接受愛了很久的人最後選擇離開了你，
接受朋友之間的背棄，
接受世界給我們的肯定與否定，
如果說放下就是放過自己，那接受就是變好的開始。

其實我還滿喜歡十二月三十一號這一天的，雖然不是我的生日更不是父親節、母親節、聖誕節還是農曆新年，但這一天對我來說總是有一種神奇的魔力，它可以不費力的將成千上萬的人都擠在這一天相聚在一起，無論性別、個性、興趣還是信仰，站在世界的各個角落，只為了某一刻的到來默契的倒數著，我們給了這個神奇的一天一個稱呼叫作：「跨年」！

我之所以喜歡這一天簡單來說有兩個原因，其中一個原因是，你知道所有的事情即使覺得不會過去的，時間終究不等人的在這一天跨過，雖然這一天跟其他天並無任何的不同，只是過去那些喜歡的討人厭的終究會變成去年那一個又一個的經典回憶，而新的一年我們可以重新給自己一個機會，期許自己可以再好一些又或是期許自己再多一些。

另一個原因是，當你在倒數那一刻的到來時，有時候心中總會有股莫名的感動，因為我們內心深處都知道，即使這一路走來的生活有再多的不如意，我們始終在邁向新的一天和新的一年，抱著你最愛的人一起跨過，和熟悉的好友一起瘋狂度過，又或者是自己一個人擁抱自己走過這一天，新的一天到來時，我們都將意識到，其實自己一直以來都比自己想像的還要堅強，尤其是當你開

新年快樂

始回數過去的那些，原來我們都走過了一年又一年自己壓根都沒想過的路，好的壞的終究留作回憶，接下來的路還很長，而我們永遠都可以重新再開始。

無論那一年的你走到了哪裡，遇見了哪些人，碰過了什麼事，他們用盡了各種方式出現在你的生活之中，有驚喜的，討厭的，快樂的，憤怒的，難過的，曖昧的，無論是哪一種方式，都是想要教會你一些事，那刻起，所有的事過了今天，昨天就變成了去年，放不下的事終究變成了故事，無論你開始選擇相信還是不相信，而你還是會遇見那個陪著你熬夜抱怨的人，聽著你前言不搭後語卻還是懂你說什麼的人，看穿你笑容背後沒說出口的人，陪著你瘋狂陪著你嘴賤，陪著你正面也和你一起負面，在人海中你們微笑著彼此，他朝著你走來，無論是愛情還是友情，有個人終究會在這混亂的世界中擁抱你。

在這瘋狂的世界裡，我們在人海中起伏著，隨著生命的浪潮起舞，走過各式各樣的路，只希望最後走的那條，路上有你，一個只需眼神就能懂得彼此的你和你們。

新年不新年，都願你今年快樂。

這世界很大，丟掉了有時候很難再遇見，
即使哪天你再遇見了另外一個讓你動心的人，
也是一個全然不同的世界，
無論是愛人還是朋友，
你能做的只有在有限的時間裡，
好好的愛，好好的去珍惜，把握當下。

有時候我也想大聲對世界呼喊：

朋友對我來說，

是這一輩子最不可或缺的幸福之一啊。

小時候世界很大，認識的人很少，深交的人很多，
長大後的世界很小，認識的人很多，深交的人很少，
所以才會明顯感受到這個世界，
路過的人很多，留下來的人很重要。
願我們在顛沛流離的世界裡，找到彼此的溫暖。

旅行的意義是什麼7一

我相信很多人問過或是聽過一句話：「你覺得旅行的意義是什麼？」這也算是我聽過覺得難度頗高的一個問題，雖然還是可以依照自己對於旅行的習慣與見解來給出一個看似適合的答案，但實際上對於每一位旅人來說，我想答案沒有一定的標準，有時候你很確定的說出了某種答案，可能還會被比你旅行經驗豐富多上百萬倍的人內心白眼了一下。

大部分的時候，旅行對於我來說就像日常生活一樣沒有太大的差別，我們把自己換到了另外一個地方短暫生活，起床、洗臉、刷牙（有些人可能不刷牙）、吃早餐、出門、搭車、逛街、玩樂、吃飯、回家、洗澡、睡覺、做夢再起床。只是因為身處在不同的國家環境，遇見的事情大多數不太相同，但其實在我們原本自己生活中的國家，每一天遇到的事情，很多時候也不會是相同的，或許在旅行的過程中，我們將對生活裡的觀察感受放大了，像個孩子一樣，吸收那些沒見過的事，所以有時候我們感覺到，旅行是一個可以讓自己充電重新出發的事情，因為你可以不斷的在路上被新事物刺激得以成長，但無論是怎樣的理論，旅行這件事，整體對我來說都是好的，並且具有一定的生活教育性。

一直記得 2015 那年春末，我放下台北所有的事，隻身前往日本，那是我第二次去日本，不過也是第一次一個人去日本，有一晚在

京都一路亂晃的途中，搭上了公車回到京都車站，想要返回大阪，抵達車站時發現距離搭車的時間已經剩不久，因為日本的大眾交通系統較為複雜，加上任何地方都是要一直走走走，所以擔心自己趕不上那班電車，正想學習日本人走路很快的精神加快腳步前進，突然，車站外放起了音樂，接著廣播重複放著聽不懂的日文，又突然，車站外的水池噴出了一道又一道的水波，每道水波上都打上了五顏六色的燈光，不知道是因為第一首歌的旋律滿溫暖還是因為當時下著一點雨覺得有點浪漫，突然間我就鼻酸了一陣子，就這樣待在雨下把它看完也忘了自己要去搭車，那時候才突然發現，我把在台北的忙碌腳步悄悄的帶來了日本，而那天晚上大概是我在日本感到最清醒的一刻，清醒的看見眼前舞動的水波，倒映在大樓窗戶上的京都塔和不斷擦肩而過的陌生人與站在雨下的自己。

所以如果你問，旅行的意義是什麼？說真的，我不知道旅行的途中會遇見什麼具體有意義的事，又會有什麼樣的事來溫暖你，但我想這也是我熱愛旅行的最大原因，因為你永遠不知道前方有什麼在等著你。

沒有期待的期待，大概就是最好的結果。

後來才發現，原來旅行是一件很私密的事，
如果步伐不同，
一個人行走大概才是最好的自由。

永遠都不要把想要做的事情放在下次，
因為「下次」是沒有期限的，
久違的旅行，出發吧。

東京月台

小艾是一個敢愛敢恨的海派女子，如果說我的朋友群裡誰最 MAN，應該就非她莫屬了。

去年因為她感情碰上了一些問題，我們一起出發去了東京旅行，有天晚上我們在居酒屋小酌結束後，兩個人帶著微醺的臉孔趕去搭回飯店的最後一班地鐵，站在地鐵站月台時，她突然說：「我媽曾跟我說過，這一輩子不要錯過兩件事，一個是你真心愛的人，一個是回家的最後一班車。」
「沒車，搭計程車不就行了。」我滑著手機邊說。
「懂不懂生活情調啊。」一個巴掌打來。
我臉上微醺的紅變得更紅了些。

這次來日本旅行，因為兩個人都不太懂日文，加上在日本使用英語實在是沒有太大的幫助，所以每次搭車前，我都必須打開手機的軟體一而再再而三的確認我們搭的車是對的，眼看現在已經要接近半夜了，如果沒搭上就得花錢坐很貴的計程車。
小艾看我忙著查手機裡的資訊，輕鬆的說了一句：「別擔心啦，如果真的坐錯了，大不了我們走路回去當散步減肥。」

「走一天我腳都快斷了，而且需要減肥的人是妳，不是我。」我說。

啪！一個巴掌再打來，我的臉又再紅了一些。

還來不及查好地鐵資訊，車子就這樣緩緩進站，看著大家一個一個的上車，小艾問：「蘇先生，你查好了沒？」

「管他的，先上車吧！反正總有辦法到家的。」我一臉假裝很有自信樣。

一站、兩站、五站、七站就這樣過去，眼看狀況不對，我打開萬能的 Google Map 定位了一下，仔細看了一下，差點沒暈倒，我們坐錯線了。

這時小艾還是一臉沒事的樣子說：「下一站先下車。」

下了車後，我們兩人走出了地鐵站，搭上了分秒都在燒錢的計程車，車上我有點愧疚的和小艾說聲抱歉。

「沒什麼啦，又不是你的錯，就當一個經驗啊，而且至少我們搭過日本的計程車耶。」

「我現在大概知道為什麼你媽說不要錯過最後一班回家的車了，而且你剛整個很鎮定耶。」我緊接著說。

小艾看著窗外沒說話。我也沒再說話。

過了幾分鐘，小艾突然說著：

「其實一開始我媽跟我說那句話時，當時我心裡想的跟你也差不多，一件事情無法達成總有另外一個補救方法。搭車也好，感情也好，搭錯車了就記得下車，走錯的路就記得回頭，愛錯了人也就告訴自己離開，聽起來邏輯都是對的，如果真的不喜歡就不要假裝可以，不適合就不要隨便

硬擠，不想要就不要伸手，每個人都活得不容易，不要到了最後礙了別人又耽誤了自己，那是對於不喜歡的人可以這麼灑脫，但真的遇見了那個想愛的人，錯過了就是錯過了，就像今天的末班車一樣，時間一到它就離開，發現的時候總是措手不及，你也只能待在原地留下一臉茫然，但又能怎樣呢？我們本來就身處在這不斷交錯的月台，你搭上了一部看起來是對的車，但中途才發現目的地不同，只要你敢下車就還有機會從下一個月台去到最一開始你想去的地方，你下還是不下？我媽走了那麼多年，到了現在我才懂得她想說的是什麼。」

不知道是不是真的有點喝多了，說完的那刻，小艾和我的眼淚幾乎是同一時間流了下來。

或許吧，如果已經發生的就已經發生了，但面對錯誤的人事物，結束就是開始，轉身就是前進。

小艾，無論接下來的月台在哪，這次有我陪著你一起下車。

愛其實很簡單，
不是一定要成天說著：「我愛你。」，
而是在你受到打擊了、跌倒了，
有個人溫柔的將你扶起，
告訴你：「不要哭，你還有我。」
愛情、友情亦如此。

有一種幸福是，
當你感到全世界都拋棄你的時候，
有一個人安靜的走進了你的世界，
靜靜的陪著你渡過那一段時光。

小故事

還記得高中那年你跟我說了個小故事：
「有一條在水族箱的金魚愛上了客廳裡
的一隻貓。」
「然後呢？」
「沒有然後，就這樣啊。」

過了好幾年，家裡養了一隻貓，水族箱
裡也放了幾條魚，一如往常坐在客廳裡
發呆，看著那隻傻貓望著幾條魚的那天
我想起了你說的故事，那天才突然發
現，許多事情其實本來就沒有開始又何
來的結束，那些自以為的可能，其實也
是結束的開始。

不可能的事，開始也是結束。

有一種關係就是，即使已經好久沒見，
中間也只是偶爾互傳個簡短訊息，
但一碰上面就能好好坐下一起吃飯，
邊吃邊聊著昨天你發生的事情，
不用擔心漏接了好一大段的回憶，
好像一切也只是發生在昨天而已。

一致不用每天見面但只要一見面
就會回到好像只是昨天沒見的友情

如果有一天你聽了一首歌想起了他，

看了一場電影想起了他，和朋友聊天想起了他，

你等著四處無人的時候拿起了電話打給了他，

對方的電話卻直接轉入了語音信箱，

你傳了一封訊息給他，遲遲的不讀，卻看見他三分鐘前才上線，

就在你鼓起了這一輩子最大的勇氣做了這些事情後，

卻依然沒有你想像中的回應⋯⋯

親愛的，或許這一切都正在用另外一個方式告訴你，

停下來吧，你首先應該要做的是學著給自己一個機會，一個重新開始的機會。

他如果想你他會找，他如果愛你他藏不了，他如果有心他會回，

新的機會就要開始了，不要再為不值得的人，傷了不該傷的心。

孤獨的路上

那天你說著自己的過往，一段又一段的故事，你說你最害怕一個人，你無法過著那些獨自一人活著的日子，所以每段戀情的中間都無法承受太長時間的空隙。

我想了想，其實你說的也沒什麼不對，感情這種事真的太過於主觀，沒一個人說得準。其實我們體內或多或少都有些孤獨的因子，多少人嘴上說著害怕一個人的日子，但卻依然可以習慣過著只有一個人的生活，一個人吃飯，一個人洗澡，一個人看影集，一個人出門，一個人回家，其實我們害怕的從來都不是一個人，而是從本來兩個人的時光到強迫自己再回去習慣一個人的日子，哪有什麼怕不怕孤獨的人，說穿了，只是沒有人想重複過著那個有人從陌生走近自己變成了熟悉，然後再走回陌生的日子，孤獨不讓人害怕，害怕的只是回到孤獨的路上。

離開一直都很容易，難的是還站在原地的告別。

去看看海，看看陌生人，
看看不同的城市，
看看巷弄裡的小孩們玩耍，
看看一些不起眼的角落，
走一走或許會發現，自己的煩惱有多麼的微小。
如果暫時還找不到答案，那就去看看吧。

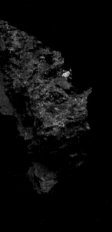

只要死不了就還好

如果怕黑那就去開燈，累攤了就試著找個地方休息，怕睡過頭就不要一直熬夜，能不想的事就不要想太多，開心的事就去犒賞自己盡情享受，閒得發慌就找個理由騷擾朋友，有人陪就花點時間相處，一個人獨處就多做點自己喜歡的事。

現實生活裡遇見了不順心的事，難過是正常的，失戀心痛也好，學測分數很低挫折也好，工作不順徬徨也好，但沒必要無限放大悲傷，也不要因為一時的難過錯誤，就此否定了自己的一生，再難的事情，一個人也可以完成，真的生病了，也可以自己藥局買藥、自己去看醫生，你以為過不了的，其實睡了幾覺後就好了，真的輸不起的就不要輸，贏不了的就不要死撐，有人對你好就用力珍惜，有人討厭你就讓他刷刷存在感，生活裡有時候沒有那麼多如果，說白了，現在不還是好好的活著，即使傷痕累累的過著，只有經歷過了，才發現其實只要死不了，一切也都還好，除非你先放棄自己，不然那些做不到的都只是不想堅強的藉口。

無論此刻的你有多少滿肚子委屈發洩不完，有多少次想要放棄的念頭在腦中重複演練，不要忽略了其實你也堅持了好一陣子才走到了這裡，想笑就笑，想哭也就哭吧，很多事情本來就是這麼簡單，不要讓自己一個不小心活得太複雜了，接下來的路還很長，如果知道自己走的比別人慢，那明天就早一點出發。

希望我們都能找到自己心中
可以逃離到最安靜的那個地方，
有時候突然想哭一下，
不特別說只是因為那些是別人不懂的世界而已。

你堅強了太久，受不了終於發了個狀態發洩一下，有人說你怎麼那麼愛抱怨，但沒人知道你已經打了又刪，刪了又打了好幾次。你因為太多事情說不出口，所以平常瘋瘋癲癲嘻嘻哈哈的，有人說你沒危機意識，不夠成熟，但沒人知道你只是不想讓人看穿你的心事，你只是想給大家快樂的一面，用心去判斷而不是偏見。

痛覺

分開的當下雖然很難過，但一切卻比我想像的還要冷靜。於是我撥了通電話跟朋友大概的訴說整個過程，朋友也覺得我異常的鎮定。

隔天早上我依然跟前天一樣躺在床上賴著床不想上班，出門吃早餐，中午空檔看書，跟朋友出門，晚上唱歌，只是多了一些抱怨前任的話題，我是難過的這點我確定，只是生活還是一如往常。

一個禮拜後的某個非常平常的一天，我坐在電腦前發呆，突然播到了一首我們剛認識的時候常常聽的一首歌，那個時候的我眼淚突然不斷的落下，開始我是冷靜的這點我確定，只是胸口有股壓迫我無法承受，於是那天我哭了好久，就這樣重複聽了那首歌聽到眼淚流不出來為止。

這件事我沒跟誰說過，一直過了好久才曉得，有時當我們遇上了一件真的難過到心底的事，第一個反應或許不是大哭大鬧，反而像是本來習慣居住在身體裡的魂體被抽走了一半，外表看似正常沒什麼變化，用記憶和習慣去繼續過明天以後的生活，等到某個時刻某個曾經熟悉的感覺扣上了大腦裡的神經，居住在身體裡的另一半魂體才驚覺自己有一半是被抽空的狀態下，你被拉回現實，發現原來許多痛並不是當下就會產生，而是超越了已知痛覺的最大範圍，遲鈍的以為自己沒事，最後清醒時才哭得不能自已。

但那樣也好，至少最後還是醒來了。

那些拖了好久的故事，
最後也都敗在一個轉身就牽起了別人的手的結局。
不會一起的，總是冷不防的就離場。

踮著腳尖去愛一個人，
重心會不穩，
腳拐到了還痛到自己，
如果他只是在
找不到人的時候想起你，
對不起，其實你真的不缺他。

我已經把你的好友刪除了，
只是偶爾還是會手賤用朋友的手機看看你的近況。
以為會看到什麼為自己寫的狀態，
但其實到了這個狀況，
我們也只是在自導自演罷了。
每個人都有一段練習放手的日子，
有時越是假裝瀟灑，
越是掩飾不了自己還有多少不捨。

— 致青春

我很好

離開後的第 365 天，不偏不倚的整整一年，你傳了
封訊息問我：最近的你還好嗎？

我還好嗎？我也不知道你對於好不好的定義是什麼。
有段時間的我，發的狀態是寫給你看的，發的照片
無論是吃的、旅行的，也都只是為了讓你知道我的
近況，打開通訊軟體是為了看你是否上線過。後來，
很多時候我一個人搭著車，隨著它滑過半個城市，
經過了我們曾一起走過的街道，下班後獨自在家把
早上那些心機事情消耗，面對生活裡的那些閒言閒

語，我走在沒去過的城市巷子裡，每一次心中的情緒準備爆發時，都習慣的想告訴你，拿起手機後又再次放下，我知道我不該再把所有的脆弱都寄放在你那，所以我想現在的我是好的，甚至可以說是完整的，那些好與不好我都自己留著，雖然還是會想起你，但我也知道無論我想還是不想，很多事情終究是要放下。所以你問我還好嗎？

是的，雖然還是一個人，但現在的我，很好。

淋了一場大雨後，

下次你會特別留意天氣但還是忘了帶傘，

後來又被淋了一場大雨後，

全身濕透的你發了好幾天的高燒，

下次你除了特別留意天氣也會記得帶傘，

很多事情就是這樣的，

你不斷重蹈覆轍的錯誤原因往往可能只有一個，

上一次不夠痛。

如果你不嘗試去做自己想要的事，
不去喜歡想要喜歡的人，
不去冒險自己想要的樣子，
那活著跟死去有什麼差別？

生命中平淡卻很美的那些天

記憶裡總有些事不是真的很特別，大部分的時候可能是很平淡，但卻占據了自己生命中很重很重的一部分，看似很日常的那些畫面，回想起來卻依然像是昨天一樣。

一起走的這段路上，重要的不是走了多遠，而是那路上是誰陪伴著你，我們都有自己的人生十字路口，誰都可以在下一個路上口選擇轉彎，所以你一定要永遠記得那個在你哭著打給他時，第一個飛奔跑來找你的人；在你寂寞孤單時，陪著你渡過黑夜的人；在忽然的一場大雨中，為你撐傘的人；在你分手大哭的時候，陪著你一起哭的人；是這些人陪著你在無聊中成長，陪著你在不順遂的時光中面對，圍著你給你溫暖，讓你相信這個世界其實還是美好的，給你力量然後做一個選擇善良的人。

謝謝那些共同組成這所有一切的他們，那些平淡畫面至今回想起來依然勝過千言萬語。

— 致一路走來的你們。

如果說有個人可以直接按出你的電話號碼，

記得你的生日，

知道你喜歡什麼還是你不喜歡什麼，

突然帶你去吃上次你說到的美食，

為了你嘗試自己不敢做的事，

拒絕了所有曖昧，換了好幾次原則，

你要知道他對你的愛，

可能是你無法想像的，要好好的珍惜。

— 致愛情和友情

有些事情不用說出口，也可以感受到的，
就像你們訊息聊天習慣的改變，
你可以感受得到，就像你們電話裡面結束的口吻的改變，
你可以感受得到，就像你們碰面相處氣氛的改變，
你可以感受得到，你們之間有沒有變，
即使只是一點細微的變化都是感受得到的，
心的距離或許看不到，但總是可以感受得到的。

— 致愛情和友情

愛的標準，就是沒有標準

愛情友情的關係該如何去定義？我想我們都知道它沒有一個絕對的標準，而普遍的定義價值觀大概就是你愛我而我也愛著你，但是那個彼此愛著對方的比例又是多少，誰包容的多誰又承受不被等同的愛又有多多？

有天遇見了一個和我年紀相仿的女孩，在一見到面就開始彼此分享自己在愛情裡所遇見的經典事件，我發現了一件有趣的事，她不避諱的告訴我自己在一個月前結束了一段長跑十年的感情，他們從十八歲那年在一起到上個月分手了，分手的原因有很多，其中一個讓她最感到灰心的就是每次一起過馬路，每當斑馬線上的小綠人正在倒數要轉換成紅燈時，當下兩人應該要一起快步通過那十字路口時，對方總是不顧她走路的速度，自己獨自往另外一頭奔跑過去，等到下個綠燈時，女生再獨自默默的橫跨那漫長的斑馬線走到對面那個早已等到不耐煩的男友身旁，換來的也只是一句：「你走路可以不要這麼慢嗎？」

當然壓倒最後一根稻草的原因這事只占了一部分，她邊說著邊告訴著我：「我覺得女生真的要多愛自己一點。」
我聽著當下沒有做出太多回應。

我也常思考，在愛裡，究竟是誰愛誰多一點？又或者是誰該包容誰多一點是否真的有所謂的標準答案？我

想並無所謂的標準，沒有什麼制式的規範，說穿了許多事終究是一個願打一個願挨，每個人究竟能承受的範圍不同，在兩個人相處的過程中，有人能忍受一次，當踩到所謂自己的地雷，他的選擇就是離開，那或許是屬於他的原則。也有些人可以忍受十次，極限到了，連解釋的機會都顯得多餘，因為在他的認知裡，如果你真是在意我，早在一開始當你知道我感到難過失望，你就會懂得去調整這一點，為何總是要到我累積了一次又一次的失望直到有天我決定離開了，你才告訴我你知道你錯了。

有時候看在只能忍受一次的人眼裡，那些忍受十次的人為什麼這麼的傻，要讓對方無止盡的循環讓自己活在不開心的狀態裡，而在那些可以承受對方傷害自己十次的人的眼裡，卻又覺得為何那些只承受一次就輕易放棄那得來不易的感情。'

你問，愛情裡是否有所謂的標準？我想答案是難的，只是有時候我們用了自己所認知的方式去規範了愛情本該屬於一種特定的模樣，就像他只能喜歡什麼樣的人，只能喜歡男生只能喜歡女生，只能讓自己傷害一次，又或者應該是可以去包容自己可以被傷害好多次，但愛情終究還是屬於兩個人的事，愛，我想它難以規範，每一種方式都有它獨特的方式，你的愛，從來都不架構於別人口中世界的對與錯，愛誰又該如何愛，其實和別人一點關係都沒有。

曾經我們都天真的以為將心就能比心，
遇見了一些人後才知道，
並不是所有的真心都能換到真意。
這不是什麼人生大道理，但請謹記在心深處。

從今天開始我要學習的一件事情就是，

不要什麼話都跟別人說，

說者單純，聽者有意；

你的祕密在別人的生活範圍內，可能是一種武器。

嘿，朋友，如果有一天我們真的分道揚鑣了，我也不會將那天深夜裡你哭著對我說的祕密告訴誰，因為我知道那個時候的你願意將這些告訴我，是因為你是如此的信任我，即使那個時候的你說的有多黑暗又有多怨恨，但那個時候你也承認了你的脆弱和你的痛處，我們曾為了彼此赴湯蹈火，在彼此需要的時候也曾把心託付給對方，也因為信任，將最糟糕的一面毫無保留的展現。

所以無論現在的你過的如何又和別人說了什麼，但我依然願意去守護我的原則，曾經要好時分享的那些大大小小祕密，不是讓我們將來反目時，成為攻擊彼此的利器，那幾次夜晚的哭訴並不是要讓我們在日後當作誰贏誰輸的籌碼。

即使今天的你過的不順遂，沒有得到你想要的而別人卻擁有了，也絕對不要去打擾別人的幸福，要記得，這是原則。

人生很多事無法長情，緣分盡了就盡了，當不成朋友的人也不一定非得當敵人。

曾經交換過的祕密

人與人在剛開始認識時，
總是會習慣維持最好的一面，
而在越來越熟識之後對方會開始漸漸的
展現出各式各樣的真實面或是缺點，
你可能會開始懷疑他是不是變了？
其實，他不是變了，
他只是和你想像的不太一樣。

曾看過一句話是這麼說著的：

「人只有一張嘴，卻總愛說出兩面話。」

哪有人不知道事情的真相，

只是我們都學會掩蓋自己願意相信的事實，

去說服別人你嘴裡的版本。

願你我被這世界溫柔相待

有時候世界就是這樣，當你相信著自己的夢想，遇上了現實主義者，在他眼裡，你說的你做的都是不著邊際的夢話；你想要當一個快樂愛笑的人，碰上了悲觀主義者，在他眼裡，你的笑容和想像是虛假的；你熱心的去幫助需要幫助的人，碰上了自私的人，在他眼裡你的行為就是雞婆……

起初還不懂這世界的定律時，我們試著去解釋什麼，卻發現怎麼說還是說不清，於是一路跌跌撞撞的好不容易遇見了一些和你一樣的人，他們認同你、支持你、相信你也陪著你，那個時候才學會告訴自己，就不要妄想全世界的人都會喜歡自己了，盡量不要讓人討厭就好，但無論你怎麼做，總是有人會看你不順眼，所以為了別人的喜好而過度改變自己，大概是全世界最吃力不討好的事情吧！

我想，無論你怎麼做都會有人說，那就讓他去說吧，喜歡你的就會喜歡你。不喜歡你的，你在意也不會讓他喜歡你。這世界的聲音本來就很多，沒人能一路單純到底，但希望你能繼續保持當初所相信的，願你我被這世界溫柔相待。

這世界的定律有時候很有趣，當你一直很單純的相信的時候，
就會瘋狂遇見許多欺騙，當你很堅定開始
對任何事情都抱持著懷疑的時候，卻又遇見了你無法置信的善良，
在你開始對這個世界失望的時候，又有人從你的世界裡給了你希望。
只願未來你再相信的時候帶一些保護自己的原則，
而在你被欺騙的時候，不要放棄繼續相信善良的能力。
了解自己，理解他人。了解自己的愚笨，理解他人的無知。

對於我來說，真正的正能量
並不是你一定每天都帶著笑臉面對世界，
不一定是你遇到了多大的打擊都能若無其事，
最強大的力量是在當你遭遇到了這麼多的背棄和打擊，
卻依然保有愛這個世界和愛自己的力量，
對我來說就是最強大的正能量。

兩件事

媽媽曾告訴我兩件事，一直到現在還是放在心底，她說：「家裡雖然沒什麼錢，但永遠不要以這個理由來當作放棄自己的藉口，別人的條件再好都是他們的，你要清楚知道自己想要什麼，開心很重要。」另外一件事是，「做人要低調一點，不要什麼事都到處大聲宣揚。」

那個時候沒聽懂，一路上總還是喜歡將自己開心得意的事蹟分享給身邊的人，進了社會工作了幾年之後才漸漸發現，這世界看你笑話的有時候比希望你成功的人多，你生活遇上了一點不如意，他們希望你說出來心裡好過一點，但其實大多數不是真正關心你的人，心裡的淺台詞都是：「還好我過得比較好。」

世界沒那麼多替你治病的醫生，沒人排隊等你揭開傷口為你敷藥，多的只是想來看看傷口有沒有比自己糟的人，如果有天你幸運的遇見了願意替你療傷的那些人，要好好的愛他們。

最了解你的人,大家在你死撐著的時候告訴你加油,
只有他偷偷跟你說不要再硬撐了。
最心疼你的人,大家在你難過的時候告訴你不要哭,
只有他一個不小心陪著你哭了出來。
那個懂你堅強背後的脆弱,陪著你傻,陪著你哭的人,
你一輩子都要好好的把他放在心裡。
　　　　　　　　　　　　— 致一起互相成長的傻瓜朋友

雖然在你們的眼裡我永遠是個小孩，
但只希望自己能跑得比時間快一點，
這樣我就能快快長大來好好的照顧你們，
親愛的時光，希望你能善待他們。

— 致老爸老媽

若你碰到他

在愛情裡我們總是會犯錯，犯下一些覺得如果當初怎樣怎樣，是不是就不會是現在這樣的錯誤，總要經歷過討人厭的結局才有機會邂逅到想要的愛情，發生的事情也無法改變，你能做的也只能繼續往前，你必須相信著一切都是最好的安排，不然我們永遠都不會知道，什麼才是最適合的，即使過程真的很累。

「不想睡」是一個深夜電台節目，每個禮拜三的晚上十一點開始播放，一直到半夜一點結束，節目裡除了播放時下流行音樂陪伴熬夜的人以外，也會線上開放還在為心事睡不著的 Call in，讓大家一起在這個小小的基地裡，蒙上面具說出一些說不出口的祕密，花花從大學開始一直都是忠實聽眾，聽著聽著現在也已經準備嫁做人妻了，算一算也有個十年，一個十年能發生的事情多到記不完，那一天一如往常地在睡前聽著節目，在主持人接了最後一通 Call in 時，電話接通的第一句話，本來已經幾乎要睡著的花花睡意全消，從來沒想過自己還會再聽見那個熟悉的聲音。

「主持人好，其實想打這通電話很久了，剛好今天在車上聽見了廣播，想著就試試看吧，還真的給我撥通了。」
「你好，請問有什麼想要說的呢？」
「以前大學時有個女孩，常聽她說喜歡聽你這節目，這幾年我也

固定開始聽這個節目，我只想告訴她，我懂當時你想告訴我的了，其實我沒那麼忙，現在我懂了，我知道那時候你不斷告訴我的是什麼了，不知道你會不會聽到，但我想說聲對不起，當你真的愛一個人時，其實一直都有時間的，希望現在的你一切都很好。」主持人話都還來不及接，男生就急著把電話給掛了，只是因為不想讓自己一把鼻涕一把淚的聲音給人聽見。

那天節目的尾聲，電台裡放著蔡健雅〈若你碰到他〉，在深夜的車上，男孩邊哭邊聽著歌：「若你碰到了替我問候他，告訴他我過得很美滿，已忘記他已把淚水全部擦乾，若你碰到了替我問候……」

十年前的那天早上起床，桌上放著一封信，因為趕著上班沒打開看，只把它放進包裡就去上班了，那天新來的主管特別愛找麻煩，東改西改就是不想讓人準時下班，看一看時間也快半夜十二點了才下班，回家的路上順道經過了永和豆漿想買消夜，突然發現今天都沒收到你的訊息，打了通電話給你直接轉到語音信箱，沒想那麼多，估計你是睡了，到家吃完洗臉刷牙準備睡覺的時候，想到早上放進包包的那封信，躺好後把信打開，內容是這樣的：

「以下我想說的，我知道你已經聽過了很多次，但還是想再告訴你一次，每次想和你一起做件事時，你總是一堆理由，不是工作忙就是沒時間，每次我只是擺了個表情，你又說我任性、無理取鬧，有次我不小心哭了出來，你覺得我在逼你，我說你沒時間陪我算了，那我們一起領養一隻狗，你不在的時候我還可以有條狗相陪，你臉一撇連應付都顯得麻煩。我想告訴你，如果你真的愛

我，你才不會捨得看我這個樣子，我知道說到這裡，你一定又覺得我真的很無聊，只是想告訴你，我是真的很在乎你，我也不是沒有工作沒有累的時候，或許對你來說我只是生命中的一個過客，但你再也不會遇見第二個我了，我走了，你保重。」

我 X，這女的又在發神經了。信往旁邊一丟我倒頭就睡了。

那是大學畢業兩年後的事了，也真的再也沒有你的消息，那時候不知道是賭氣還是怎樣，既然你已經做了決定，那我也就斷個乾乾淨淨吧，有次同學會的時候偶然聽到你後來因為嚮往著自由的生活，於是當起了背包客，細節我也就沒多問，想著你過得好就好。

後來換了幾次工作後，我喜歡上公司裡一個很有個性的女生，外表酷酷的，活生生的就是一個新時代的獨立女性代表，幾次約會後我們交往了，我們一起去了很多國家旅行，還一起領養了一隻黃金獵犬，幾乎有時間的時候我就想和她一起去體驗人生不同的嘗試，但也沒像電影演得那麼美滿，過了一年左右我們還是分手了，原因是她想要自由點。

只剩下我和那隻黃金獵犬住在一起，有天望著牠發呆時才發現，其實我沒那麼忙，現在我懂了，我知道那時候你不斷在告訴我的是什麼了，不知道你會不會聽到，但我想說聲對不起，當你真的愛一個人時，其實一直都有時間的，希望現在的你一切都很好。

喔對了，我這隻狗的名字叫做「小樂」，就是那時候你一天到晚喊著想要取的名字，你說希望我們三個都可以天天的在一起感受快樂。

再好的人也可能會遇到壞事，再壞的過程也可能會遇到好事，
再喜歡你的人也可能會離開你，
但至少你可以慶幸他讓你有另一次機會遇到更好的人或事，
你一定要相信，所有的發生都是最好的安排，
現在不是不代表以後不是。

因為沒有特別幸運，所以才特別努力，
希望你記得，你不可能比所有的人好，
但你也不會比所有的人差。
自己想要的就是最好的了，
而你想要的只有自己能給自己。

大人與小孩

小孩：為什麼每次在我難過的時候總會遇上下雨。

大人：因為你的今天就要過去，它總要為你留下一些回憶。

小孩：為何不能是其他種方式？

大人：你越是抗拒的越容易出現，任何一種方式你最終都還是得面對。

小孩：那又為什麼總是在我最不想面對的時候下雨。

大人：很多時候，我們在最不想面對和最不在意的日子裡，往往會錯過許多你尚未發現的美。

小孩：那明天還會下雨嗎？

大人：不會。錯過了這次你才懂得下次的珍惜。

小孩：那如果再下雨，我該如何走過那些不好的事情？

大人：多走幾步。

小孩：如果還是走不過呢？

大人：你要記得一件很重要的事，自己內心的感受永遠比別人口中的道理還來得重要，包括我告訴你的。下雨的世界對於你來說或許很討厭，但想要把這個世界變得美好，首先，你必須先把自己變得美好。

有一天真的結束了一段你很珍惜的關係，

不見得是命運對你真的很不好，不讓你擁有你想要的，

換個方式想，他的離開或許也是好的，

你懂得珍惜但他不懂，你想好好的愛但他不想，

你適合這段關係但他不適合，

一個只剩下單方面付出的關係，

到最後也只是兩敗俱傷而已，你比他所想像的還要好，

因為他不配，所以所謂的命運結束了這段關係。

不要懷疑，你一定比你想像的還要美好。

因為你的回應，所以累積了彼此之間的關係，
也因為你的冷淡，
所以累積了彼此之間的距離，
羅馬不是一天造成的，離開也是。

親愛的時間，希望你能對他們好一點

依稀記得高中畢業那年回到台東，某個再平常不過的一天起了床，走到了客廳看見媽媽正在準備一桌的菜，一桌滿滿都是自己喜歡的菜，看著她一會兒進了廚房，一會兒又走來客廳，突然仔細看見她臉上的變化，那是我第一次發現除了自己在長大以外，他們也正在老去。

往後的日子裡我小心的觀察著，看著他們依舊過著相同的日子，和鄰居聊天，倒垃圾，泡茶，看電視，煮飯，看似沒有變化的生活裡其實一切都正在改變，就像突然發現桌上多了一副老花眼鏡，某個下午電視還開著，他卻躺在椅子上睡著了，拿著新手機問你該如何下載通訊軟體，做錯了事的訓話從大聲怒吼變成了小聲溝通。

那是我第二次清楚的意識到，原來我在為了自己生活努力長大，他們也正在陪著我老去。於是我在心裡輕輕說：親愛的時間，希望你能對他們好一點。雖然我知道時間是公平的，誰都得面對。他們從牽著你的手一起走，到了放手讓你走在前頭，他們已逐漸老去，不再像從前那樣跑得如你，但願此刻已經走遠的你，不要忘了偶爾要回頭看看他們，陪陪他們。

有段時間，我曾經好想離開家，越遠越好。
那個時候家裡好小，
小到無法裝下我心中那巨大的世界，
後來到了這個裝得下所有一切的世界，
才發現我有多想要回到那個小小的家，
因為只有那個地方可以裝得下我心中所有的一切。

有多少人習慣在喜歡和討厭的人的狀態裡，
加上以為是在說自己的註解。

父親的日記

曾在網路上看過一個小故事：

父親今年 80 歲了，常常忘東忘西。有天，花園飛來了一全身烏黑的鳥。他問：「這是什麼鳥？」兒子說：「烏鴉。」過了沒多久，父親又問：「你剛說這是什麼鳥？」兒子音量變了大聲：「那是烏鴉。」又過了幾分鐘，父親再問：「那是什麼鳥？」兒子吼著：「跟你說了那是烏鴉，知道嗎！」

過了幾年父親走了，整理東西時兒子翻到了一本日記，上面寫了一段話：「今天兒子滿五歲，在花園裡他指著烏鴉問我是什麼？我告訴他是烏鴉。他過了一會兒又問，我又回答。他問了 10 次，我答了 10 次。」

有一天他們都不會再像當年那樣的告訴你，無法帶著你去看更多的風景，陪著你去完成更多未知的事情，日子一天一天的在減少，離開的人越來越多，剩下陪著自己的也越來越重要，願我們到了那段日子後，也能像他們當年那樣陪著自己一樣的陪著他們。

我想我還是相信，
會在一起的人即使繞了一大圈，
最後終究是會在一起，
該來的總是會來，該走的就是會走，無法強求，
如果最後能在一起，幸福它晚點來真的無所謂。

當你真的愛上一個人、在乎一個人的時候，
除了同時給了對方影響自己的權力以外，
也失去了控制自己情緒的能力。
無論是愛情還是友情，
因為在乎，所以偶爾還是會像個神經病一樣的胡思亂想，
無關成不成熟，有時候只是因為在乎而已。

幸福有很多種

幸福確實有很多種，它可能是非常巨大的，也有可能是極微小的，它可以巨大到你中了上億的頭彩然後幸福的環遊世界；也可以微小到你無意間吃到了只有行家才知道的美食。

容易在微小事物裡面去發現幸福的人，我想大多數都是快樂的，有時候就像一場突如其來的大雨，發現包包裡剛好有放把傘；在折騰了一天沒吃，狼狼的回到家卻看見桌上擺著滿滿的菜；在月底幾乎花光了薪水身上沒錢的時候，意外的在某件衣服口袋裡發現了上次沒拿出來的錢，還有一件事就是，你發現你喜歡的那個人也喜歡著你。

幸福，其實一直都在身邊，不用急著找，或許只是一個瞬間，你就會發現它。

你需要的不是一個你說一句他回三句的人，
你需要的只是一個
連你說一句廢話都可以回你三句的那個人。
　　　　　　　　— 致廢話無敵的友情

兩個人最好的狀態是，
他可以是他，你也可以是你，
沒有一點害怕失去的恐懼，壓抑自己的恐懼，
不需要討好對方來換得彼此之間更進一步的狀態，
簡單和不費力就是你們合適的主要原因。

— 致愛情和友情

謝謝你還陪著我

老爸因為生病後身體變得不方便，生活起居需要我們在旁協助，對於愛面子的他來說，一開始難免有點不好意思，就像第一次陪他上廁所，第一次幫他換衣服，第一次幫他洗澡。但久而久之也就習以為常了，反而還可以在過程中開個小玩笑來化解他的尷尬。

某天一如往常的幫老爸洗澡，邊洗邊哼著歌，心中突然想起了小時候的畫面，雖然我已經記不太得了，可是我知道那個時候的老爸不也是這樣幫我洗著澡嗎？想著想著淚水就差點流了出來，不敢讓爸爸發現自己的眼眶泛著淚，躲在了他背後幫他刷背，看著他的背影，想著他又是如何一路辛苦把我們扛在肩上的走來。
那天澡洗的特別久，洗了多久我記不得了，我只知道我躲在爸爸的背後哭了好久好久。

這麼多年了，我也長的老大不小了，而你依舊把我擋在你的身後保護著我，謝謝你還陪著我，永遠愛你。

後來漸漸發現，不是所有的事情只要堅持就一定會得到，
就像你知道很多事情都是可遇不可求，
如果真的不是自己的，又何必在意，
很多事情本來就不專屬於任何人的，
如果來了我們學習擁抱，如果走了我們練習放手。

最美的是剛認識的那時，
還不瞭解卻又想趕快瞭解彼此的日子。
最難的是最熟識的那時，
不想傷害卻又想離開彼此的最後。
人在將愛時最心動，
也在將分時最折磨。

人生若只如初見

記得小時候很喜歡看的一部卡通，小叮噹。現在應該是叫哆啦A夢。

那個時候國小，大概九歲吧，同學聊天的話題常常會問：

「假如可以選一個小叮噹口袋裡的東西，你想要什麼？」

「我想要小叮噹。」我不假思索的回答。

「貪心耶你。」同學們笑著說。

「有很多東西啊，要怎麼選？」我說。

「不然就竹蜻蜓、任意門、時光機，選一個。」其中一個同學說。

想了一會兒，我說：「竹蜻蜓吧！」

其實那時候選竹蜻蜓的理由很簡單，只是我也想和大雄一樣，可以戴上它自由自在的飛去自己想去的地方，可能是嚮往自由吧！

但那時候才幾歲，哪裡懂得自由是什麼？雖然現在也不見得懂得多少，但你知道竹蜻蜓是一個可以讓你輕鬆飛翔的工具，無論飛去哪裡，只要是自己想去的地方，那個地方便是自由，我想應該可以這麼解釋。

後來一個不小心過了十年，長大了點，那年十九歲，竟然真的開始實現了小時候那個飛來飛去的白日夢，只是現實生活中帶著我在天上飛的不是那夢幻般的竹蜻蜓而是一台載滿乘客的飛機，一次又一次的載著我到我想去的地方，透過陌生的旅行找尋所謂的自由，真的找到了嗎？我不知道，但那個時候確實很享受那種沒人認識自己的時光，走到哪都不擔心什麼形象，所以常常累了就買杯咖啡矯情的

坐在路上看看路人走過來又走過去，以為自己是個哲學家，隨意猜想陌生人的人生。

某次一個人旅行的途中，坐在公園裡曬著太陽發著呆時，我竟然認真的思考了一個問題，如果真的可以選一樣小叮噹口袋裡的法寶，要選哪一個？
「任意門吧！」心裡自問自答。

想要任意門的理由其實也很簡單，不用花太多飛行的時間，旅行累了可以開個門就回家，隨時隨地可以抵達自己想要去的地方，比竹蜻蜓方便多了，而且這樣更自由，早上可以去埃及看巨大的金字塔，下午再去馬爾地夫曬個太陽，晚上還可以去巴黎散步感受個浪漫，睏了只要打開它就可以回到自己房間休息，想見誰就見誰，這根本符合傳說中那說走就走的旅行啊。只是旅程結束後，拿著護照到機場櫃檯報到，還是回到現實乖乖的搭載滿乘客的飛機回家。

後來又長大了點，二十四歲那年，是我習慣飛行的第五年，也是老爸生病的那一年，三更大半夜在台北接到了老媽從台東打來的電話，得知了爸爸休克的消息，那個時間沒有火車也沒有飛機，更沒有竹蜻蜓也沒有任意門，於是我睡不著的等著清晨最早的那班飛機飛回家，搭上了一班載滿乘客的飛機，只是這次不是載我去找尋小時後渴望的自由。

抵達後，在醫院走廊等著老爸從加護病房出來去檢查腦部斷層，見著護理人員推著老爸出來的那時，當時老爸還是處於昏

迷的狀態，我握著他的手說：「爸，我回來了，你要加油趕快醒來，好嗎？」媽媽在旁邊哭著說：「你兒子回來了，你聽到了沒？兒子，你要叫大聲一點。」

那天早上，長廊裡只剩下我的聲音不斷重複迴盪在我的耳邊，像是小時候我對著山谷吶喊許願，從大聲漸層到小聲的回音，雖然一直到現在，我都還沒問過爸爸，那天早上，他聽見了嗎？

後來的這幾年工作忙碌，生活忙碌，以為還有很多時間的時候，時間過的永遠比你想像中的還要快，再過一年就要二十九歲了。

某天我坐在公寓頂樓發呆望著天上的飛機時，想著自己距離國小的那個我也要二十年了，這一次我想認真回答一次關於國小同學問的那個天真問題——竹蜻蜓、任意門、時光機，選一個。我想選時光機。

因為如果哪天誰真的先離開了，我想要用這台時光機，回到我們最一開始相識的地方。我想要重新和你一起再生活一遍。

喝醉的時候你可能說了一堆對方聽不懂的話，
但他可能不知道那句「我想你」和
「我真的很喜歡你」是認真的，
就像夜晚的靈魂代替早上那個清醒時的自己
不敢說出口時那樣的認真。

小時候喜歡一個人十分你表達七分，
長大了喜歡一個人七分卻表達了十分。

對不起，我沒時間討厭你

小時候以為做壞事的人會被討厭，說壞話的人會被討厭，自以為的人會被討厭，長大一點之後才發現其實即使你不做壞事也會被討厭，你不說壞話也會被討厭，你夠謙虛也會被討厭，就算你保持得夠完美也還是會被討厭。

十六七歲的那時還年輕，一開始發現這件事還不太懂得它的定律，開始去莫名的討厭誰，也常常把喜歡和討厭這兩件事歸類的很清楚，有些人因為長相而討厭，因為說的話而討厭，因為不同理念而討厭，現實生活中就是有人可以沒來由的看你不順眼而討厭彼此，後來這樣討厭來討厭去，久了也是會累的，開始漸漸的把以前那些討厭轉變成沒有特別喜歡、不感興趣，因為後來我發現啊，其實討厭一個人也是要花精力和時間的，對不起，我真的沒多餘的時間去討厭你，想討厭的人怎樣討厭都好，只要在尚未認識自己又或者瞭解自己之前的討厭，都只是一些沒有建設性的討厭罷了，

麻煩請給我一個更值得討厭的理由來討厭吧。

表面上的模樣取決於你面對的人，
內心裡的那個模樣才是取決於你自己。

常常遇見很多臉很臭的人，試著說話也有一搭沒一搭，
後來不經意看見對方和另外一個人聊天，
是用那種你從來都沒看過的眼神和笑聲在聊天，
其實沒有那麼多冷酷的人，只是每個人身體裡都有一個切換裝置，
在喜歡的人面前可以像個神經病，
在沒有感覺的人面前連話都懶得多說兩句，
所有的表現都取決於他面對的人是誰而已。

這世界就是這樣，太正面會被嫌，太負面會被罵，
不夠有涵養會被貶，太有涵養會被說假，
說太多被當錯，說太少被嫌沒主見，
過得好會被酸，過不好那是你家的事。
灰色地帶永遠都在別人嘴裡。

　　　　　　　　　　　　── 致討人厭的油條人生

以前常說不要在意別人在背後怎麼說自己，他們說的既無法改變事實卻有可能會改變自己的心情，心如果都亂了，那一切可能才會真的變糟。

確實，太在意別人對自己的評價，最後大概都落得兩種下場，一種是把自己搞得狼狽不堪，另外一種就是被別人弄得不像自己。但真的碰上了這種事，有時候說完全不在意好像有點難，畢竟每個人心中都有一塊是希望大家都接受自己的角落，所以這一路上我們學著改變自己，換個很多人都喜歡的髮型，穿著他們欣賞的上衣，說著他們也認同的哲學，試著在這個社會上以 360 度環繞的方式去面對所有的人，用每一種他們想要的方式去迎合，用每一種他們喜歡的方式去活著，最後暈頭轉向的還跌了個跤，結果大家關心的只是你跌倒的姿勢而不是撞擊的傷口，你哭得狼狽不堪，他們關心的只是你矯情的展現方式而不是紅腫的雙眼，接著他們繼續關注其他和你穿著相同衣服說著相同語言的人，坐在地上的你才發現根本沒人在意你的改變甚至認同你的存在，他們看的只是他們想看見的。

在這個連七十億分之一都沒人認識自己的地球上，就放鬆點吧，不用把自己活得那麼累，無需在陌生人的嘴裡找尋自己的存在感，因為誰都無法永遠滿足誰，即使心中還是有一塊希望人人都可以接受自己的角落，你可以改變，只是改變應該為了自己而不是為了取悅誰，因為你只需要在乎那些也在乎你的人就好了。

你只需要在乎那些
也在乎你的人就好了

如果可以簡單 誰想要複雜

作　　者／PETER SU
封面設計／PETER SU
內文設計／方麗卿
手寫文字／賴懶（instagram：ahlai_lan）
企畫選書／廖可筠
特別感謝／一同上山下海拍照的 Mo & Even Chen

總 編 輯／賈俊國
副總編輯／蘇士尹
行銷企畫／張莉滎・廖可筠

發 行 人／何飛鵬
出　　版／布克文化出版事業部
　　　　　台北市中山區民生東路二段 141 號 8 樓
　　　　　電話：(02)2500-7008　傳真：(02)2502-7676
　　　　　Email：sbooker.service@cite.com.tw
發　　行／英屬蓋曼群島商家庭傳媒股份有限公司城邦分公司
　　　　　台北市中山區民生東路二段 141 號 2 樓
　　　　　書虫客服服務專線：(02)2500-7718；2500-7719
　　　　　24 小時傳真專線：(02)2500-1990；2500-1991
　　　　　劃撥帳號：19863813；戶名：書虫股份有限公司
　　　　　讀者服務信箱：service@readingclub.com.tw
香港發行所／城邦（香港）出版集團有限公司
　　　　　香港灣仔駱克道 193 號東超商業中心 1 樓
　　　　　電話：+852-2508-6231　　傳真：+852-2578-9337
　　　　　Email：hkcite@biznetvigator.com
馬新發行所／城邦（馬新）出版集團 Cité (M) Sdn. Bhd.
　　　　　41, Jalan Radin Anum, Bandar Baru Sri Petaling,
　　　　　57000 Kuala Lumpur, Malaysia
　　　　　電話：+603- 9057-8822　　傳真：+603- 9057-6622
　　　　　Email：cite@cite.com.my
印　　刷／卡樂彩色製版印刷有限公司
初　　版／2016 年（民 105）06 月
初版43刷／2016 年（民 105）07 月
售　　價／320 元

城邦讀書花園
www.cite.com.tw　布克文化